ULLST

Das Buch

Ihre Transportmaschine mit einer Flügelspanne von 121 Pfotenlängen ist ihr ganzer Stolz – ebenso wie die Tatsache, dass sie, die Pilotin Stormy Frett, noch nie eine Fracht unpünktlich abgeliefert hat. Deshalb denkt sie auch gar nicht ans Aufgeben, als sie bei einem Nachtflug von Seattle nach Salinas in das schlimmste Unwetter gerät, das sie je erlebt hat. Die Tragflächen vereisen, einer der Motoren beginnt zu stottern, doch Stormy beißt die Zähne zusammen und riskiert ihr Leben im Kampf mit den entfesselten Elementen. Sie weiß nicht, dass die Naturkatastrophe nur ein Ziel hat: Stormy soll zur Notlandung in Redding gezwungen werden. Denn dort, in May's Flughafenimbiss, sitzt Flugkapitän Strobe Frett. Und diese beiden sind vom Schicksal füreinander bestimmt …

Der Autor

Richard Bach, 1935 in Oak Park, Illinois, geboren, entdeckte seine Liebe zur Fliegerei bereits mit siebzehn Jahren. Mit achtzehn wurde er zum Jetpiloten ausgebildet. Er war Schauflieger und Fluglehrer und publizierte Hunderte von Aufsätzen über seinen mit Leidenschaft ausgeübten Beruf, bis er mit seinem ersten Buch, *Die Möwe Jonathan*, einen weltweiten Erfolg errang.

Von Richard Bach sind in unserem Hause bereits erschienen:

Auf den Flügeln der Träume
Brücke über die Zeit
Glück des Fliegens
Illusionen
Die Möwe Jonathan
Vagabunden der Lüft

Richard Bach

FRETTCHEN IN DEN LÜFTEN

Roman

mit Illustrationen des Autors

Aus dem Englischen
von Marion Balkenhol

Ullstein

Besuchen Sie uns im Internet:
www.ullstein-taschenbuch.de

Umwelthinweis:
Dieses Buch wurde auf chlor- und säurefreiem Papier gedruckt.

Ullstein Verlag
Ullstein ist ein Verlag der Ullstein Buchverlage GmbH.
1. Auflage Juli 2004

Übersetzung: Marion Balkenhol
Titel der amerikanischen Originalausgabe: *Air Ferrets Aloft* (Scribner,
New York)
Umschlaggestaltung: Thomas Jarzina, Köln
Titelillustration: Richard Bach
Gesetzt aus der Goudy
Satz: LVD GmbH, Berlin
Druck und Bindearbeiten: Ebner & Spiegel, Ulm
Printed in Germany
ISBN 3-548-25860-3

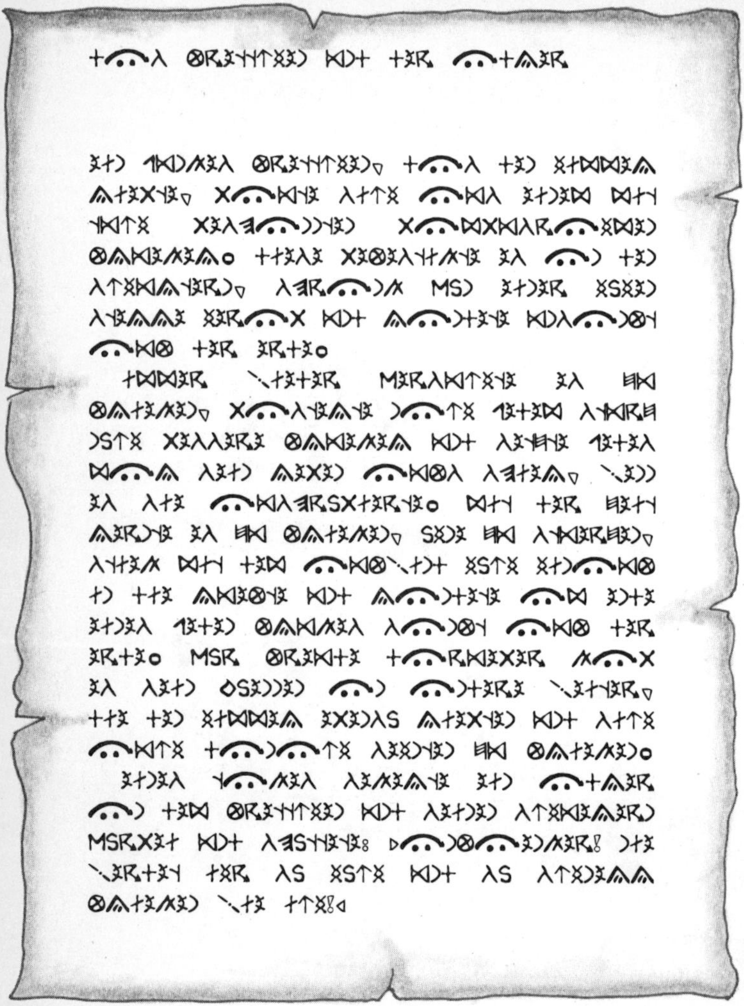

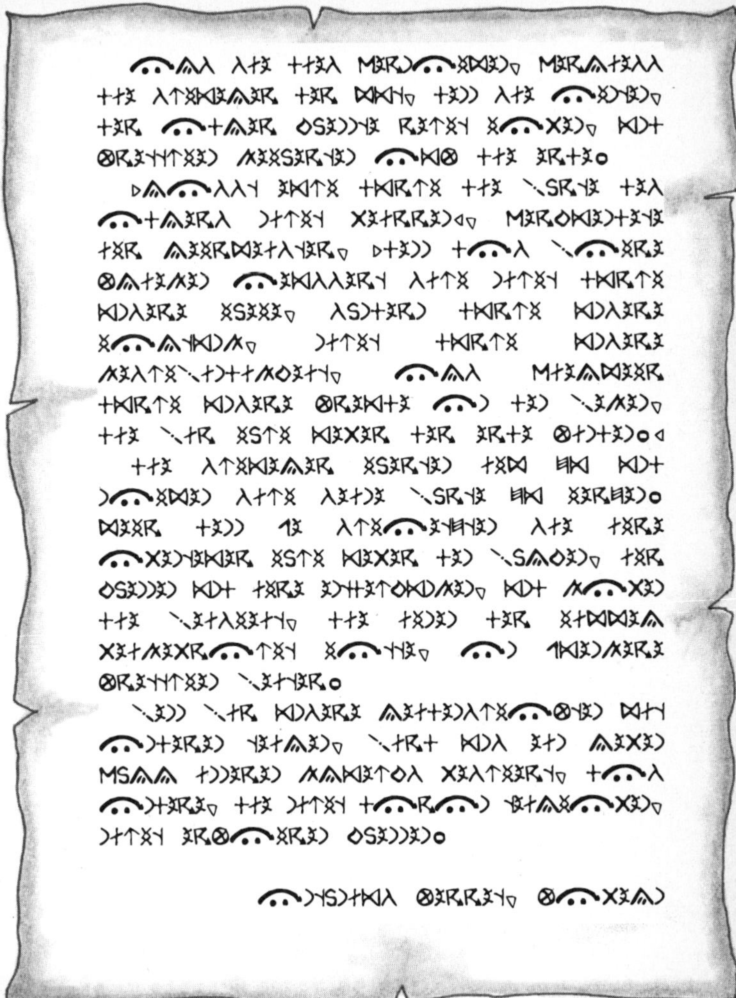

Das Frettchen und der Adler

Ein junges Frettchen, das den Himmel liebte, baute sich aus einem mit Tuch bespannten Bambusrahmen Flügel. Diese befestigte es an den Schultern, sprang von einer hohen Stelle herab und landete unsanft auf der Erde.

Immer wieder versuchte es zu fliegen, bastelte nach jedem Sturz noch bessere Flügel und setzte jedes Mal sein Leben aufs Spiel, wenn es sie ausprobierte. Mit der Zeit lernte es zu fliegen, ohne zu stürzen, stieg mit dem Aufwind hoch hinauf in die Lüfte und landete am Ende eines jeden Fluges sanft auf der Erde. Vor Freude darüber gab es sein Können an andere weiter, die den Himmel ebenso liebten und sich auch danach sehnten zu fliegen.

Eines Tages segelte ein Adler an dem Frettchen und seinen Schülern vorbei und spottete: »Anfänger! Nie werdet ihr so hoch und so schnell fliegen wie ich!«

Als sie dies vernahmen, verließ die Schüler der Mut, denn sie ahnten, der Adler könnte Recht haben, und Frettchen gehörten auf die Erde.

»Lasst euch durch die Worte des Adlers nicht beirren«, verkündete ihr Lehrmeister, »denn das wahre Fliegen äußert sich nicht durch unsere Höhe, sondern durch unsere Haltung, nicht

durch unsere Geschwindigkeit, als vielmehr durch unsere Freude an den Wegen, die wir hoch über der Erde finden.«

Die Schüler hörten ihm zu und nahmen sich seine Worte zu Herzen. Mehr denn je schätzten sie ihre Abenteuer hoch über den Wolken, ihr Können und ihre Entdeckungen, und gaben die Weisheit, die ihnen der Himmel beigebracht hatte, an jüngere Frettchen weiter.

Wenn wir unsere Leidenschaften mit anderen teilen, wird uns ein Leben voll inneren Glücks beschert, das andere, die nicht daran teilhaben, nicht erfahren können.

Antonius Frett, *Fabeln*

EINS

ʓ+)λ

Pompom Frett saß auf dem Pilotensitz, die kleine Pfote auf dem Gashebel, umgeben von Instrumentenbrettern, Hebeln und Messgeräten, Knöpfen und Schaltern.

Das junge Frettchen hob sein puderfarbenes Gesicht und fragte verwirrt den Piloten: »Aber wieso kann es fliegen, Sir?«

Strobe Frett, den Schal mit den goldenen Streifen ordentlich um den Hals gebunden, die Flugkapitänsmütze frisch gereinigt, war Chefpilot bei MusTelCo, der weltweit größten Frettchenfirma. Tausendmal hatte er diese Frage bei Flugschauen wieder und wieder von den Jungtieren gehört, die das Cockpit des Frettjets besichtigten.

»Durch Zauber!«, antwortete er. »Siehst du den Flügel da draußen, wenn du aus dem Fenster schaust – die Krümmung obendrauf?«

Das kleine Gesicht mit den ernsten schwarzen Augen wandte sich um, nickte angesichts des glatten, weiß und königsblau lackierten Metalls. Draußen schlendert eine fröhliche Menge, Frettchen jeden Alters, an Flugzeugen vorüber, die auf der Luftfahrtausstellung zu sehen sind, berührt Flügel, späht durch Windschutzscheiben, stellt Fragen und erzählt vom Fliegen. Pompom suchte den Zauber.

»Wenn wir einen Flügel durch die Luft bewegen, dann drückt diese einfache Krümmung Luft nach unten. Bewegen wir ihn schnell, drückt er viel Luft nach unten. Und wenn er Luft nach unten drückt, was passiert dann mit dem Flügel?«

Pompom drehte sich um und sah den Flugkapitän mit leuchtenden Augen an. Plötzlich hatte er es verstanden. »Er geht hoch!«

»Zauber«, sagte Strobe Frett, »und du kannst ihn später einmal beherrschen.« Er lächelte Pompom an. »Stell dir vor, wir wären in der Luft. Jetzt zeig mir, wie wir das Flugzeug zum Steigen bringen.«

Das Jungtier streckte eine Pfote aus, zögerte kurz und berührte dann den Steuerknüppel.

»Richtig«, sagte Strobe. »Ziehst du den Knüppel leicht zurück, dann steigen wir; drückst du ihn nach vorn, dann sinken wir. Und wenn du ihn nach links drehst«, fragte er, »was geschieht dann?«

Im Cockpit hinter ihnen, am Rande des Raumes zwischen zwei Welten, schwebte ein winziger goldener Hubschrauber mit einem Frettchenengel vor dem Instrumentenbrett.

Der Geisterpilot in seinem Seifenblasencockpit hielt kurz inne, denn beim Anblick dieser Szene wurde ihm warm ums Herz. Dann begab sich der Technikengel Gnat wieder an die Arbeit. Seine sterbliche Zeit war so lange her, dass er vergessen hatte, wie es war, in einem Körper zu stecken, der einfach nicht unsichtbar werden oder durch Wände und geschlossene Türen gehen wollte.

Sterblichkeit ist ganz schön, dachte er, als der Hubschrauber in das Kabinendrucksystem des Frettjets hineinglitt, wo das *Duk-Duk-Duk* der Rotorblätter widerhallte, ein Zustand, den man zwar vorübergehend besuchen, nicht aber als sein Zuhause bezeichnen kann.

Gnats Leidenschaft auf Erden war die Fliegerei gewesen, und daran hatte auch sein Tod nichts geändert. Noch immer war Fliegen seine große Leidenschaft.

Erstklassige Wartung, lautete sein Urteil, als er stirnrunzelnd die Verbindungen und Dichtungen im Scheinwerferlicht seines Hubschraubers betrachtete und Schrauben, Bolzen und Sicherheitskabel überprüfte. In diesem Flugzeug muss irgendwo ein Fehler stecken. Wenn die Wartung ihn nicht übersehen hat, so hoffte er, dann wäre es Verschleiß oder ein Werkzeug, das im System liegen gelassen wurde, oder Metallermüdung.

Ich werde einen schwachen Punkt entdecken, sagte sich Gnat. Es geschieht nur zu seinem Besten. Und wenn ich es eigenhändig kaputtmachen muss, dieses Flugzeug wird die Strecke, die Flugkapitän Strobe Frett heute Abend fliegen will, nicht vollständig zurücklegen.

Er berührte das Auslassventil, prüfte es, flog weiter. Einer seltsamen Eingebung folgend, machte er kehrt und schaute genauer hin. Lächelnd drückte er auf den Sprechfunkknopf seines Mikrofons und sprach leise auf der Frequenz der Frettchenengel.

»Kiefernzapfen hat das rote Licht«, sagte er. »Kiefernzapfen hat das rote Licht.«

ZWEI

»Am Himmel ist ein Frettchen!« Das Jungtier, das auf dem Hügel Beeren sammelte, zeigte nach oben. »Siehst du das, Mama? Es greift nach etwas. Da ist die Nase. Siehst du die Pfoten, die nach oben ausgestreckt sind?«

Die Mutter des Jungtiers schaute zum Himmel. »Es ist ein wunderschönes Frettchen, Tabitha. Komm, wir wollen sehn, wie es sich verändert …«

Die beiden hielten inne, setzten sich ins Gras, nahmen den Beerenkorb zwischen sich und betrachteten die große, geschmeidige Wolke. Hin und wieder suchten sie sich eine Blaubeere aus und sahen dann wieder der Wolke zu.

Kurz darauf fragte das Jungtier: »Löst die sich denn nicht auf?«

»Doch. Wolken verändern sich, wenn der Wind sie jagt.«

Sie beobachteten die Wolke. Andere veränderten sich, ihre nicht.

»Wenn eine Frettchenwolke ihre Form behält, weißt du, was das bedeutet, Tabby?«

»Nein, Mutter.«

»Es heißt, wenn Frettchenwolken ruhig am Himmel stehen, dann haben sich Frettchenengel darin versammelt, und die Wolke zieht erst dann weiter, wenn ihre Besprechung zu Ende ist.«

»Oh ...«, sagte das Jungtier. »Das ist aber nur ein Märchen, oder?«

»Kann sein«, antwortete seine Mutter. »Aber ist es nicht komisch, dass unsere Wolke sich so gar nicht verändert?«

»Ruhe!«, rief Taminder von vorn. »Darf ich um Ruhe bitten!«

Draußen auf der Wolke parkte ein Dutzend winziger Hubschrauber in der Farbe des Sonnenaufgangs. Die dazugehörigen Piloten hatten sich im gleißend hellen Besprechungsraum aufgestellt. Die Frettchen, nicht größer als ein Pfotenabdruck, plapperten alle munter drauflos und hörten gleichzeitig zu, nur nicht dem, was Taminder sagte.

»Ich bitte um Ruhe!«, sagte der Chef-Frettchenengel. Er seufzte. Alle waren ausgezeichnete Piloten, sonst wären sie nicht hier. Sie waren furchtlos, einfallsreich, Neuerungen gegenüber aufgeschlossen, Freiwillige ... die Tiere eben, die man rief, wenn eine schicksalhafte Begegnung stattfinden sollte.

Nun zeigte diese Eliteeinheit aber größeres Interesse am Plaudern über frühere Abenteuer als an den Einzelheiten eines Abenteuers, das ihnen bevorstand.

»Parker Frett war drauf und dran, an Simoune vorbeizugehen, ganz in Gedanken, einfach so. Ihr könnt euch vorstellen – ihre Schutzengel waren außer sich. Ich war der Frettchenengel, der ganz in ihrer Nähe war, und sie sagten: ›Wir brauchen deine Hilfe, Pavo, sofort!‹ Und wisst ihr, was ich gemacht habe?«

»Du hast sie zum Niesen gebracht«, antwortete Gawaine. »Nein, du hast einen Schmetterling auf ihrer Schulter landen lassen. Das hätte ich gemacht. Und Parker hat den Schmetterling gesehen, und statt vorbeizugehen hat er gesagt: ›Wie machen Sie das?‹ Stimmt's?«

»Nein«, sagte Pavo. »Ich hab sie zum Niesen gebracht.«

»Oh. Hat's funktioniert?«

»Klar. Aber deine Idee mit dem Schmetterling gefällt mir …«

»Ruhe, bitte, Frettchenengel!«

Still wurde es zwar nicht im Besprechungsraum, aber der Lärm ließ etwas nach. Taminder deutete kopfnickend auf die Wolkenwand, und sogleich erschien das Bild eines jungen Frettchens, das ein schneeweißes Fell mit pechschwarzen Streifen hatte und Mütze und Schal eines Piloten trug. Im Hintergrund war gedämpftes Motorengebrumm zu hören.

Eine Zeit lang betrachtete Taminder das Bild, ohne auf das Geplauder der Frettchenengel zu achten. Es war so lange her, dachte er, sie war so weit gekommen.

Schließlich bemerkte er, dass es still geworden war.

»Danke«, sagte Taminder. »Sie heißt Janine und wird Stormy genannt.«

»Hübsch ist sie!«

Taminder überlegte kurz, bevor er diese Bemerkung bestätigte. An ihre Schönheit hatte er noch nie gedacht.

»Ja, sie ist ein hübsches Frettchen.« Er räusperte sich. »Es handelt sich hierbei nicht um eine Übung, liebe Frettchenengel, es ist eine Intervention Dritter Güte. Codename: Operation Mitternachtsimbiss.«

Ein Raunen ging durch den Raum, die Piloten schrieben die Worte auf ihre Klemmbretter.

»Haben die anderen versagt?«

»Ausnahmslos alle.«

Wäre in diesem Augenblick eine Schneeflocke auf den Wolkenboden gefallen, hätten alle sie gehört. Stattdessen aber vernahmen sie von draußen das *Duk-Duk-Duk-Duk-Duk* winziger Rotorblätter.

Das Geräusch verstummte, und ein Frettchenengel trat ein, ein Neuer, der vor nicht allzu langer Zeit noch unter den Sterblichen war.

»Tut mir Leid, wenn ich zu spät komme.«

»Willkommen zu unserer Besprechung, Baxter«, sagte Taminder.

»Falsche Wolke«, murmelte der Engel vor sich hin und setzte sich zu den anderen Piloten auf den nebligen Boden.

»Operation Mitternachtsimbiss«, wiederholte der Chef-Engel Baxter zuliebe. »Man nennt sie Stormy.«

Neben dem ersten tauchte ein zweites Bild auf, auch von einem Piloten, der älter war als Stormy und walnussfarbenes Fell hatte. Auch er saß vor dem Instrumentenbrett eines Flugzeugs.

»Das ist Strobe«, sagte Taminder. »Als Erstes muss ich euch mitteilen, dass es sich um entschlossene Sterbliche handelt.«

Er betrachtete die Bilder und wandte sich dann zu den Frettchenengel-Piloten um. »Strobe und Stormy haben natürlich hohe Ideale; wie wir alle. Doch diese beiden sind in der Erfüllung ihrer Pflichten peinlich genau – stur könnte man fast sagen, halsstarrig, unnachgiebig.«

Die Piloten rutschten unruhig hin und her, hatte doch so mancher den leisen Wink seines Schicksals missachtet.

Auf Baxter, der gerade die Schule für Frettchenengel beendet hatte, traf das nicht zu. Es kommt, wie's kommt, dachte er. Nichts ist unmöglich. Alles wird immer gut.

»Sie müssen sich begegnen«, sagte Taminder.

Der Neue hob die Pfote.

»Ja, Baxter.«

»Gibt's denn keine anderen Welten, Sir? Wenn Stormy und Strobe sich nicht in dieser kennen lernen, dann vielleicht in ...?«

»Natürlich gibt's andere Welten«, antwortete Taminder. Für einen Neuen war diese Frage zulässig. »Doch unser höchstes Streben gilt der Fähigkeit, die größtmögliche Liebe in dieser Welt zum Ausdruck zu bringen und anderen dabei zu helfen. Alternativwelten können ihre Angelegenheiten regeln wie sie wollen.«

Baxter nickte zufrieden und wandte sich wieder den Bildern zu. Strobe war ein gut aussehendes Tier, das er nicht kannte. An Stormy hingegen war etwas, das ihm sehr vertraut vorkam. Er konnte sie jedoch nirgendwohin stecken. Auf Erden hatte er ein gutes Gedächtnis für Gesichter gehabt; das hatte er sich erhalten. Den Gesichtsausdruck kannte er, doch er konnte ihn nirgendwo einordnen.

»Ihre Schutzengel haben uns um Hilfe gebeten«, sagte Taminder. »Wenn Strobe und Stormy Frett sich kennen lernen, gibt es ... sie werden für viele Tiere die Welt verändern. Auf unserer Zeitebene haben wir jetzt die letzte Chance, es wahr zu machen.« Er griff nach seinem Leuchtzeigestab. »Könnte ich bitte die Karte haben?«

Auf der Wolkenwand leuchtete eine Flugkarte auf. Taminder hob den Leuchtzeigestab, und schon huschte ein leuchtender roter Pfeil über die farbigen Flugrouten.

»Stormy wird nach Süden fliegen, hier, auf Flugroute Victor zwei-drei. Sie ist Pilotin bei der Luftfrett-AG und fliegt eine FDC-4 von Seattle nach Salinas.«

Wieder ging ein Raunen durch die Reihen, diesmal als Zeichen des Wiedererkennens. Die viermotorige Frett DC-4 ist ein bevorzugtes Transportmittel für Frachtgut. Viele der anwesenden Engel hatten die Maschine geflogen, als sie noch unter den Sterblichen weilten, und wenn man einmal ein wahrhaft wunderbares Flugzeug geflogen hat, vergisst man es nie.

Der Pfeil rückte weiter. »Über die Victor zwei-drei nach Norden kommt Strobe.«

Die Engel beugten sich vor und sahen, wie sich alles zusammenfügte. Allmählich wurde ihnen ihr Anteil an dem bevorstehenden Drama bewusst.

»Strobe ist Chefpilot bei MusTelCo, der Firma von Stilton Frett. Er würde Strobe sein Leben anvertrauen. Sie sind alte Freunde. Sobald Stilton eine Flugreise antritt, ist Strobe der diensthabende Pilot. Es gibt keinen besseren lebenden Flieger.«

Die Engel nickten, ihr scharfer Verstand flog voraus und nahm die Herausforderung an. Es war kein Kinderspiel, sondern eine Intervention Dritter Güte.

»Heute Abend fliegt Strobe allein und bringt den Frettjet von der Luftfahrtausstellung in Los Angeles nach Medford zurück. Viele Jungtiere wollen Pilot werden, nachdem sie Strobe bei einer Flugschau kennen gelernt haben.«

Eine Pfote hob sich.

»Bailey?«, fragte der Chef-Engel.

»Bei allem Respekt, Sir. Aber sie werden sich auf keinen Fall treffen ...«

»... weil der Frettjet in großer Höhe fliegt und Stormy viel tiefer?«

»Ja, Sir.«

Die Frage lag auf der Hand. »Wir hatten ein wenig Glück. Technikengel Gnat hat eine Kette in Gang gesetzt.«

Die Frettchen schauten sich an, zufrieden mit der Nachricht.

»Erstes Kettenglied«, sagte Taminder. »Gnat hat eine Metallermüdung festgestellt, eine schwache Feder im Kabinendrucksystem des Frettjets. Er hat sie ein wenig verbogen, und direkt nach dem Start wird sie versagen. Demzufolge wird das Auslassventil des Kabinendrucks ganz geöffnet.«

»Gut gemacht«, murmelten die Engel. »Gute Arbeit, Gnat ...«

»Unser zweites Glied in der Kette ist Strobe selbst. Die anderen Jets bei der Ausstellung brauchten so viel Sauerstoff, dass er sich zurückhielt und ihn den anderen Piloten überließ, statt seinen eigenen Vorrat aufzufüllen. Wozu braucht man schon Sauerstoff, wenn man Kabinendruck hat?«

Die Engel schmunzelten.

»Ohne Kabinendruck jedoch und ohne Sauerstoff«, fuhr ihr Chef fort, »wird Flugkapitän Strobe Frett …«

»… in geringer Höhe fliegen müssen«, sagten die Frettchen im Chor.

Taminder nickte.

Eine Frage kam von hinten aus dem Raum: »Und das Wetter?«

»Leider«, meinte Taminder, »ist das Wetter gut.«

Baxter hob die Pfote. »Verzeihung …«

Der Chef wartete.

»Diese Stormy, Sir. Ich hab sie noch nie gesehen, doch ich kenne ihr Gesicht. Ich kann's nicht erklären, aber ich … Können Sie mir folgen?«

Der Chef nickte. »Stormy ist eine Columbine.«

Der Pilot schaute verblüfft.

»Sie stammt aus der Herde der Columbine. Aus dem Columbine-Stamm«, erklärte Taminder. »Hat man dir nichts über echte Stämme erzählt?«

»Nun, ja, Sir, schon.«

»Stormy ist eine Columbine, genauso wie, vermute ich … genau wie deine Enkelin Willow.«

Baxter blieb der Mund offen stehen. Stormy ist aus Willows Stamm? Klar! Dasselbe Aufblitzen der Augen, derselbe »Lernen um jeden Preis«-Ausdruck, der Baxter veranlasst hatte, das Jungtier mit Spielzeug und Puzzles zu überschütten. Lange war das noch nicht her. Jetzt trauerte es um seinen Großvater; er vermochte ihm nicht zu übermitteln, dass es ihm gut ging.

»... Teil des Plans«, sagte der Chef gerade. »Wenn wir dafür sorgen, dass sich Stormy und Strobe kennen lernen, dann wird sie später einmal Willow begegnen, wenn Willow eine Lehrerin ist. Sie sind Columbines, das ist selten, und die schöpferische Verbindung zwischen ihnen wird ...«

»Meine kleine Willow wird Lehrerin?«

»Wusstest du das nicht?«

»Und Stormy wird Willows Leben verändern?«

Taminder hob die Schultern. »Sicherlich. Nicht nur Willows Leben, sondern das Leben Tausender, wenn Stormy und Strobe sich kennen lernen ...«

Baxter stellte sich auf die Hinterpfoten, als wollte er die Leitung der Veranstaltung übernehmen. »Nun, wenn das Wetter ein Problem ist, können wir denn nichts unternehmen, es zu ändern?«

Taminder runzelte nachdenklich die Stirn. »Große Seelen teilen große Ideen, Baxter. Könntest du vielleicht auf deinem Platz sitzen bleiben?«

Der Chef wandte sich wieder der Karte zu. »Sind wir uns einig? Der Flughafen von Redding ist hier, fast auf der Flugroute, direkt im Süden des Siskiyou Gebirges. Wenn beide ihren Flugplan ändern und zur gleichen Zeit nach Redding ausweichen, müssen sie sich treffen.«

Zwei entschlossene sterbliche Flieger sollen ihre Instrumentenflugpläne ändern und nach Redding ausweichen? Das würde nicht leicht werden.

»Wäre es leicht, brauchten ihre Schutzengel uns nicht. Wir sind erfahren, meine Herren Engel. Der Zufall ist unser Geschäft.«

Taminders Mahnung zeigte Wirkung, denn der flaumige Raum füllte sich mit Entschlossenheit.

»Gnat, du kennst dich doch mit dem Wetter aus. Meinst du, du kannst da oben für ausreichende Turbulenzen sorgen, damit Stormy heute Abend vom Direktflug nach Salinas Abstand nimmt?«

»Über dem Siskiyou Gebirge? Mit Energie aus dem Shastra-Wirbel gespeist? Wie soll ich es machen, im Blindflug oder an Pfoten und Schwanz gebunden? Ein Klacks!«

Gnat fand diese Arbeit wunderbar. Er agierte gern hinter den Kulissen, er liebte die Codenamen bei seiner Tätigkeit, seine besonderen Fähigkeiten in der Luftfahrt, seinen Einfluss auf die Welt der Sterblichen.

Taminder lächelte nicht. »Denk dran, wie sie zu ihrem Namen gekommen ist«, sagte er. »Wenn sie erst mal abgehoben hat, ist Stormy Frett noch nie wegen rauer Witterung umgekehrt. Nie! Sie braucht sich nicht um Passagiere zu sorgen, nur um sich selbst und die Ladung.«

»Im Siskiyou Gebirge entstehen schnell Stürme, Sir, üble Stürme.«

»Danke, Gnat. Behältst du auch bei dieser Mission den Codenamen Kiefernzapfen?«

»Nein, Sir, ich bitte um den Codenamen Gänseschnabel.«

Ist man erst einmal Chef der Frettchenengel geworden, hat man unendlich viel Geduld. »Danke, Gänseschnabel.«

Taminder ließ seinen Leuchtpfeil auf der Karte nach Süden gleiten. »Hier ist der schwierige Teil. Wir brauchen noch einen Sturm, diesmal über Sacramento. Einen heftigen Sturm. Dazwischen müssen wir die beiden Frettchen einfangen, so dass Redding der einzige Ort ist, an den sie überhaupt ausweichen können.«

»In Redding gibt's einen May's Flughafenimbiss«, sagte ein Frettchenengel.

Taminder nickte. Es gab kaum einen Flugplatz ohne einen May's Imbiss für Frettchenflieger. »Ich brauche ein Team, das den Sturm über Sacramento erzeugt.«

Im Raum herrschte Schweigen.

»Es wird schwierig«, äußerte sich Taminder. »Nicht viel Hilfe von der Natur. Nebel über Sacramento kein Problem. Aber heftiger Sturm?«

Die Frettchenengel dachten über die Herausforderung nach.

Baxter erhob sich. »Ich mache es, Chef.«

Die Andeutung eines Lächelns erschien auf dem Gesicht des Chefs. »Vielen Dank für das Angebot, Baxter. Ich freue mich, dass du es tun möchtest. Das ist wichtig. Doch du brauchst die Fähigkeit, so etwas in Gang zu setzen, und die besitzt du noch nicht.«

Gnat hob die Pfote. »Darf ich etwas vorschlagen?«

»Nur zu, Gänseschnabel.«

»Ich glaube, ich kann das in Sacramento machen, Sir. Das weiß ich. Wenn ich über der Sierra einen Sturm entfache, der schnell genug ist, blockieren ihn die Berge und zwingen ihn, sich im Westen zusammenzubrauen. Der einzige

Weg, den er dann nehmen kann, ist direkt über die Flugroute Victor zwei-drei.«

Während er redete, wurde ihm das Vorhaben immer klarer. »Wir können Energie aus dem Tahoe-Wirbel oder dem bei Half Dome ziehen. Postieren Sie statt mir doch Baxter im Siskiyou Gebirge. Seine Enkelin ist eine Columbine, er wird Stormys Gedanken kennen, noch ehe sie selbst etwas davon weiß. Nimble und Prestor helfen ihm, einen entsetzlichen Sturm zu entfachen, das können die dort problemlos. Baxter kann ihnen sagen, wann es genug ist, damit das Flugzeug nicht in Stücke zerrissen wird.«

Nimble war sich seiner Fähigkeiten nicht so sicher gewesen, dass er sich freiwillig für eine Intervention Dritter Güte gemeldet hätte, doch jetzt warf er seinem Partner einen Blick zu. Prestor nickte, um ihm zu signalisieren, ich kann, wenn du kannst.

»Wir übernehmen das«, sagte Nimble.

Taminder schaltete den Leuchtzeigestab aus. »Danke, liebe Frettchenengel. Zwei Stunden nach Mitternacht sind Stormy und Strobe in dem Bereich, wo wir eingreifen werden. Das ist unsere letzte Chance, sonst werden sich die beiden nie kennen lernen. Esther, mir wäre lieb, wenn du die Verantwortung für die Energie übernimmst, dein Team kann eine Achse bilden.« Er überlegte kurz. »Nein. Keine Achse, Esther. Errichtet ein Dreieck. Wir benutzen den Shasta-Wirbel, den Tahoe und den Half Dome in Yosemite.«

Im hinteren Teil des Raumes stand ein auffallend schwarzes Frettchen. »Alle drei Wirbel, Sir? Ist das nicht ein bisschen viel Energie …«

»Wir brauchen sie. Wir benötigen zwei heftige Stürme. Durch alles andere fliegt Stormy direkt hindurch. Genau wie Strobe.«

»Ja, Sir.«

»Noch Fragen?«, wollte Taminder wissen.

In der Gruppe herrschte Schweigen, doch alle dachten dasselbe: Energie aus Shasta und Tahoe, ja … aber auch noch aus Yosemite?

»Sehr schön. Ihre Schutzengel verlassen sich auf uns. Startet eure Maschinen, wie es euch beliebt, liebe Frettchenengel. Auf dass es gelingen möge!«

Die meisten Beeren waren aufgegessen, der Korb beinahe leer.

»Das Frettchen verblasst!«

Die Mutter schaute hin. »Du hast Recht, meine Süße.« Die große Wolke drehte langsam ab, verwandelte sich in einen Schwan und löste sich auf.

»Und was jetzt, Tab?«

»Jetzt ist es eine Wolke«, sagte das Jungtier. Das schneeweiße Fell um ihr Maul herum hatte die Farbe der Blaubeeren angenommen. »Heißt das, die Frettchenengel sind weg?«

DREI

Auf der Flugroute Victor 23 gehört die Nacht den Luftfrettpiloten.

Gegen Mitternacht kommen auf dem Internationalen Flughafen von Seattle-Tacoma die Piloten der alten Propellermaschinen, zweimotorigen Turboprops und viermotorigen Frettlinienmaschinen aus May's Flughafenimbiss in der Nähe der Laderampen und ihre Maschinen werden zum krönenden Abschluss noch mit Treibstoff von hoher Oktanzahl voll getankt.

Bevor die Piloten, Menschen wie auch Frettchen, in ihr Cockpit klettern, prüfen sie das Fahrgestell ihres Flugzeugs, die Quer-, Höhen- und Seitenruder, die Landeklappen, Scheinwerfer und die Positionslichter.

Sobald die Piloten im Cockpit sitzen, betätigen sie mit den Händen bzw. Pfoten Treibstoffregler, Zündschalter und Starter – Propeller und Turbinen erwachen geräuschvoll zum Leben und kündigen den beginnenden Flug an.

Maschinen mit Flügeln rollen durch ein Labyrinth aus blauen Lichtern, um schließlich, zum Abflug bereit, aufheulend in die Dunkelheit aufzusteigen und in Richtung Portland und Medford, Salt Lake und Paris, Anchorage und Honolulu, San Francisco, London und Hong Kong zu düsen.

Punkt null Uhr dreißig. Ein Großraumjet der Internationalen Frachtgesellschaft für Expressgut mit Zielflughafen Tokio löste die Bremsen und schob sich in die Nacht, zweihundert Tonnen Treibstoff, Stahl und Mannschaft hoben ins Dunkel ab, und die Startbahn bebte unter dem Dröhnen und Donnern der Maschinen.

Als Nächstes in der Reihe der startbereiten Maschinen rollte eine Transportmaschine FDC-4 heran, auf der in knallroten und gelben Lettern Luftfrett-AG stand; vier winzige, mit Aluminium verkleidete Sternmotoren, eine Flügelspanne von 121 Pfotenlängen, zwanzig Pfotenlängen hoch von den Rädern bis zur Ruderspitze. Das Flugzeug wog insgesamt weniger als ein einziger Reifen der riesigen Maschine der Menschen, war aber im Luftverkehr nicht weniger gewichtig als andere Flugzeuge.

Im Cockpit stellte Flugkapitän Janine Frett den Kontrollhebel für die Landeklappen auf Start.

»Luftfrett drei-fünf«, meldete der Fluglotse im Tower, ein Frettchenspezialist, der neben den menschlichen Fluglotsen im Kontrollturm seine Spätschicht angetreten hatte, »fertig zum Abflug.«

Die Pilotin drückte auf den Knopf ihres Sprechfunkgeräts. »Luftfrett drei-fünf, fertig zum Abflug.«

Janine Frett flog schon so lange Transportmaschinen, dass sie mit der Technik vertraut war und die Ausmaße sie nicht mehr beeindruckten. Ihren strahlenden schwarzen Augen, dem schneeweißen Fell mit pechschwarzen Streifen und dem wehenden Schal mit Goldtresse war nicht anzusehen, welche Fähigkeiten sie auszeichneten und wie das Leben aussah, das sie hoch in der Luft geführt hatte. Nur die Mütze eines Flugkapitäns, abgetragen und zerknittert unter ihren Kopfhörern, legte Zeugnis darüber ab.

Ihre rechte Pfote schob die Gashebel langsam nach vorn, und der Luftfrachter rollte zur Startbahn. Das Bugfahrwerk kam an der Mittellinie zum Halt, die vom Hitzestrahl aus den Turbinen des Großraummonsters noch heiß war.

Ein einfacher Flug heute Nacht, dachte sie. Leichter Regen auf dieser Seite von Portland, dann versprach der Wetterbericht bis Salinas einen klaren Himmel. Im Übrigen spielte es keine Rolle. Das Abfragen der Wetterlage war reine Formsache, sie würde ihre Nachtflüge ohne Rücksicht auf die Wettervorhersage durchführen. Dabei ging es weniger um die Art der Fracht an sich, sondern vielmehr um das Grundprinzip ihrer Fluggesellschaft: das rechtzeitige Eintreffen der mit der Luftfrett-AG beförderten Waren.

Im Laderaum ihrer Transportmaschine standen fünfzig Frachtcontainer, sicher auf Paletten am Boden verankert – Frettchenfutter und Glockenbälle auf ihrem Weg nach Süden.

Der Fluglotse im Tower schaute durch ein Fernglas auf Stormys Flugzeug und rief ihr dabei aus seiner hohen Glaskabine zu: »Luftfrett drei-fünf, freigegeben zum Start, Vorsicht vor den Turbulenzen, die das gestartete Flugzeug hinter sich erzeugt.«

»Frett drei-fünf startet.«

Sie betätigte den Flugzeitmesser und den Transponder, legte die Pfote fest um die vier Gashebel, schob diese gleichmäßig nach vorn und löste die Bremsen. Solange sie vor der Stelle abhob, an der das Großraumflugzeug die Startbahn verlassen hatte, würde sie keine Probleme mit dem Düsenstrahl des Riesen haben.

Blaue Flammen schossen aus den Auspuffstutzen, Luftwirbel aus den Propellern trieben die Frachtmaschine über die Startbahn, die Mittellinie unter ihr bewegte sich, verschwamm und verschwand schließlich. Die Maschine war in der Luft.

Das Frettchen griff nach rechts, stellte einen radförmigen Hebel auf die Position *Ein* und vernahm daraufhin das

Heulen und Rumpeln der einfahrenden Fahrwerke. Kurz darauf leuchteten drei rote Lampen auf dem Instrumentenbrett auf, die anzeigten, dass die Fahrwerke eingefahren und gesichert waren.

Als sie die Pfote nach dem Landeklappeneinzugshebel ausstreckte, wurde ihre Maschine von Wolken verschluckt; Regen prasselte gegen die Windschutzscheibe, doch jeder Tropfen wurde sogleich vom Wind weggewischt. Noch ehe die Klappen eingezogen waren, hatte sie sich auf die Fluginstrumente konzentriert, kleine runde Fenster, ein künstlicher Himmel, und sich entspannt der Routine eines Instrumentenflugs überlassen.

»Luftfrett drei-fünf«, rief der Tower, »nehmen Sie Verbindung mit Seattle Departure auf, wünsche einen guten Flug.«

»Frett drei-fünf.« Obwohl sie die Freundlichkeit zu schätzen wusste, fragte sich Stormy, wozu die vier zusätzlichen Wörter. Natürlich würde sie einen guten Flug haben – sie hatte schließlich das Kommando über die Maschine! Doch diese paar Sekunden für immer denselben Wunsch ergaben in der Summe eine Menge Geschwätz, dachte sie – sinnlos.

Sie drehte an einem Frequenzsucher und drückte auf den Knopf ihres Mikrofons. »Hallo, Seattle Departure«, sagte sie gelassen. »Frett drei-fünf ist im Steigflug von tausendzweihundert Pfotenlängen auf fünftausend.«

Sie schaltete den Autopiloten auf Steuerkurs, betätigte den Variometer und stellte die Höhensteuerung auf 5.

Regen klatschte an die Windschutzscheibe, während die

Maschine durch die Wolken aufstieg; aber es klang weniger nach Regen als vielmehr nach Hagel, hart und spitz gegen das Glas trommelnd.

Stormy Frett liebte ihre Arbeit, obwohl diese nicht ganz ohne war. Sie war in der Dunkelheit hoch oben in der Luft unterwegs, weil an diesem Abend in Salinas Frettchen schliefen, die davon abhängig waren, dass sie ihnen Futter lieferte, Jungtiere, die auf die Glockenbälle zum Spielen warteten, obgleich nur wenige davon erfahren, nur wenige je das Flugzeug oder die Pilotin zu sehen bekommen würden.

»Frett drei-fünf hat eine Flughöhe von fünftausend erreicht«, sagte sie in diesem Moment. »Gehe höher.«

Sie flog allein, erreichte siebentausend und brachte die Maschine schließlich bei neuntausend Pfotenlängen auf die Flugroute Victor 23. Damit begann der Alltag einer Luftfrettpilotin für Langstreckenflüge.

Der Regen peitschte auf ihre Maschine. Ein einsames Tier hoch über der Erde, dessen geschmeidige Gestalt im roten Schein der Instrumentenbeleuchtung nur verschwommen auszumachen war, seine Pfoten berührten mal hier, mal da ein Instrument und schalteten die Funkfrequenz von Seattle Departure auf Seattle Center Richtung Süden um. Die Außentemperatur lag um den Gefrierpunkt; der Regen auf der Windschutzscheibe gefror zu kleinen Eiskratern, ehe der Wind sie hinwegfegte.

Es gibt viel zu wenig Luftfrettpiloten, dachte sie und seufzte. Manchmal wünschte sie sich, sie wäre ein normales Frettchen, läge gemütlich in einer weichen Hängematte und könnte die ganze Nacht durchschlafen.

»Aber wer würde uns mit Futter versorgen?«, fragte sie sich laut in ihrem Cockpit. »Wer würde das Futter für die Frettchen fliegen oder ihnen Hängematten, Decken oder Spielzeug für die Jungtiere bringen?«

Kein einfacher Job, dachte sie, aber man hat mir eine Aufgabe anvertraut. Hinter meinem Rücken ist kostbare Ladung verstaut, fünfzig volle Container. Ob Regen oder Eis, ich werde rechtzeitig durchkommen.

Seattle hatte sie in der Dunkelheit hinter sich gelassen, Portland lag im Dunkeln vor ihr. So kämpfte sich die Transportmaschine durch den Regen und rumpelte zwischen hoch aufragenden, im Sternenglanz silbrig schimmernden Wolkenbänken hindurch.

Der treue alte Luftfrachter, dessen Mechanismen ihr einst so kompliziert und fremd vorgekommen waren, war ihr inzwischen vertrauter als ihr verbeultes altes Auto. Sie vermochte schon nicht mehr zu unterscheiden, wo ihre Pfoten aufhörten und das Flugzeug begann. Beinahe war ihr, als streiche der Wind über ihr Fell. Sie dachte nicht mehr darüber nach, was sie zu tun hatte, um das Flugzeug zu steuern und steigen zu lassen. Sie dachte einfach, *steuern-und-steigenlassen*, und es geschah, Metallschwingen und Schwanz waren gleichsam ihr Körper in der Luft.

Das tintenschwarze Firmament, die Sterne wie winzige Leuchttürme am Himmel, der warme Atem der Maschinen … die Schönheit, die darin lag, faszinierte sie heute noch genauso wie bei ihrem ersten Nachtflug. Ein verzaubertes Hochland, der Himmel, ein Land mit geheimen Palästen, die nur Flieger zu finden vermochten.

Direkt vor ihr tauchte eine Nebelwand auf; Stormy warf noch einen letzten Blick auf die Sterne, bevor der Luftfrachter sich kopfüber in den Nebel stürzte. Mitternachtswolken, Flügel und Propeller, Maschinen und Instrumente, Richtungen, Kurse und Flughöhen in der wilden, unberührten Arena der Luft. Das gefiel ihr.

Schon als Jungtier hatte Janine Frett eine Liebe zum Himmel verspürt. Sie hatte sich nicht weit von ihrem Zuhause in Steep River, Idaho, im hohen Gras versteckt, den Rücken an die kühle Erde gepresst, sich in den über ihr dahinziehenden Wolken verloren und sich vorgestellt, zwischen ihnen zu spielen.

Wenn sie dann in ihrer Hängematte schlief, träumte sie vom Fliegen, von grünen Hügeln, die sie hinunterlaufen würde, um immer schneller zu werden, dann zu springen, die Pfoten weit auszustrecken und mit dem Wind aufwärts zu segeln. Herrlich, wie ihre Seele mit dem Himmel verschmolz; wunderbar die Träume, die ihr das Gefühl gaben, von Gewicht und Körper befreit zu sein.

Was sie träumte, war Magie. Eine Seele, die sich danach sehnt, zu schweben, musste mit etwas Glück und der Hilfe von Engeln eine Möglichkeit finden, sich in jenes verzauberte Blau zu erheben und dort zu bleiben.

Ihre Eltern waren Künstler, die Töpferin Glinda und der Maler Denver Frett, beide zur damaligen Zeit jenseits der Stadtgrenze von Steep River noch unbekannt. Stormy hatte ihre Kindheit zwischen Staffeleien, Leinwand und Farben des Vaters, inmitten von Ton, Glasur, Schüsseln und Vasen direkt aus dem Brennofen der Mutter verbracht.

In Janines Zimmer begann der Himmel. Das Jungtier hatte Dutzende Modelle von Frettchenmaschinen gebaut: Doppeldecker und Wasserflugzeuge, Segelflugzeuge und Transportmaschinen, Hubschrauber, Schulflugzeuge und Überschallflugzeuge, alle in Miniaturausgabe. Diese hingen in ihrem Zimmer an Fäden von der Decke, standen auf Regalen neben den Büchern, die sie über das Fliegen las.

Ihre Eltern steckten die Nase mit Farbklecksen oder die Schnurrhaare mit Tonspritzern zur Tür herein, sahen die neuesten Modelle, die ihre Tochter aufgehängt hatte, und lächelten. Sie hatten ihr geholfen, das Zimmer in strahlendem Blau zu streichen, weiße Schäfchenwolken an Wänden und Decke, Sterne, die leuchteten, wenn es dunkel wurde. »Liebe Janine!«, staunten sie, »willst du wirklich fliegen?«

Sie waren auf der Erde glücklich und vernahmen nicht den Ruf des Himmels, doch sie beobachteten das Jungtier und hörten ihm zu. »Lass dir Zeit für die Entscheidung«, rieten sie ihr, »doch wenn du einmal dein höchstes Ziel erkannt hast, lauf darauf zu und schau nie zurück!«

Diesen Rat hatte Stormy stets befolgt. Wohin sie auch gehen mochte, Mutter und Vater würden ihr Vorhaben begrüßen, auch wenn die Reise sie weit von zu Hause fortführen würde. Wie oft hatte sie sich bei ihnen bedankt, weil sie ihre Entscheidungen immer respektiert hatten, kleine zunächst, dann solche, die eine Veränderung im Leben mit sich brachten, bis sie ihr schließlich den Segen gaben und sie in ihr Schicksal fliegen ließen.

Jedes Mal, wenn ein Frachtflug sie in die Nähe von

and
till dry.
FINAL ASSEMBLY
(14)
A) Glue floats to wing as shown,
B) Glue engine and pylon to upper
fuselage. Do not attach propeller.
C) Glue left wing, then right wing

Coeur d'Alene brachte, nahm sich Stormy für einen Besuch in Steep River frei, um den Eltern von ihren Abenteuern zu berichten und zu hören, was Glinda und Denver Frett zu erzählen hatten, denn sie waren mittlerweile als Künstler im ganzen Land bekannt geworden.

Mitten in einer Wolke drückte Stormy einen Schalter, auf dem *Backbord-Vereisungslicht* stand. Auf der linken Rumpfseite blitzte ein greller Lichtstrahl auf, der Flügel und Motoren beleuchtete. Durch den Strahl flitzten zahllose Kometen, Regentropfen und Schneeflocken, Spuren von erkaltetem Feuer. Die ersten Schneeflocken begannen auf dem Enteisungsschlauch aus schwarzem Gummi festzufrieren. Sie berührte wieder den Schalter und das Licht erlosch.

Ununterbrochen überprüfte das Frettchen alle Instrumente seiner Maschine, während der Autopilot die Flugregelung übernahm. In fast fünf Stunden würde sie im Anflug auf Salinas sein und in die Wetterverhältnisse geraten, die sie dort unten in den Bergtälern vor dem Flughafen erwarteten.

Sie griff nach ihrer Flugtasche, öffnete eine kleine Schachtel Frettchenfutter, knabberte geistesabwesend, während ihre schwarzen Augen prüfend über das Instrumentenbrett wanderten.

Das einzig Unangenehme an Frachtflügen ist, dachte sie, dass sie einsam sind. Schön wäre es, wenn man auf den Langstrecken einen Copiloten hätte, mit dem man reden könnte. Doch als die Geschäftsleitung ihre Flugkapitäne befragte, ob ein Copilot ihrer Meinung nach für die Flugsicherheit notwendig sei, hatte Stormy mit nein gestimmt.

Da ein Berufspilot oft längere Zeit unterwegs ist, fällt es ihm nicht leicht, einen Partner zu finden, und so war Stormy allein geblieben. Sie konnte sich nicht vorstellen, mit einem Frettchen zu leben, das selbst nicht auch gern flog. Sie verbrachte sehr viel Zeit mit der Fliegerei. An freien Tagen setzte sie Jungtiere in ihr Wasserflugzeug und weckte in ihnen dieselbe Begeisterung, die andere in ihr ausgelöst hatten, als sie das Fliegen gelernt hatte. Ihr machte es Spaß, die Gesichter beim ersten Flug zu beobachten, vor allem dann, wenn das Flugzeug abhob.

Ohne Vorwarnung drückte eine plötzlich auftretende, heftige Turbulenz sie so fest in den Sitz, dass ihr der Atem stockte. In den Frachtcontainern hinter ihr klirrte es, und die Glockenbälle läuteten. Auf dem Instrumentenbrett leuchtete ein gelbes Licht auf: *Autopilot unterbrochen*.

Stormy hatte nicht bemerkt, dass sich in diesem Augen-

blick drei winzige Hubschrauber in der Dunkelheit zu ihr gesellt hatten: die Frettchenengel Prestor, Nimble und Baxter. Letzterer flog gefährlich nah neben ihrem Fenster her und bemühte sich, einen Blick auf *die* Pilotin zu werfen, die eines Tages das Leben seiner Enkelin verändern würde.

So vieles sah Stormy Frett nicht. Tief im Süden der Flugroute war ein Frettjett in großer Flughöhe nach Norden unterwegs; gerade fasste jedoch der Flugkapitän den Entschluss, in wesentlich geringerer Höhe als sonst zu fliegen, da das Kabinendrucksystem ausgefallen war. Mit Stilton Frett an Bord wäre Strobe sofort umgekehrt und hätte es reparieren lassen, doch heute Abend war er allein unterwegs.

Ebenfalls unsichtbar machten sich Codename Gänseschnabel und eine Gruppe Frettchenengel an der Erdenergie zu schaffen, um Stürme für zwei zu entfachen.

»Hallo Stormy!«, sagte Baxter in Gedanken zu ihr. »Es ist für alle wichtig, dass du heute Abend von der Route abweichst. Du musst unbedingt für uns landen …«

»Oh-oh …« Sie sah die gelbe Ausfallanzeige, stellte den Autopiloten auf *Aus*, dann wieder auf *An* und drückte auf *Steuerkurs halten*. Statt die Flugsteuerung einrasten zu lassen und das Flugzeug zu steuern, zerrte der Autopilot am Steuerknüppel, drehte ihn nach rechts und ging wieder aus.

Seufzend übernahm Stormy Frett den Knüppel und hielt die Transportmaschine per Pfote auf Kurs und Flughöhe, während sie über Portland hinwegfegte. Die Fenster im Cockpit hätten ebenso gut schwarz gestrichen sein können. Die Pilotin saß allein in dem winzigen Raum, der hoch oben in der Luft schwebte, und hatte nur ihre Instrumente, die oben von unten und rechts von links unterscheiden konnten und in gedämpftes rotes Cockpitlicht getaucht waren.

Sie zog und drückte den Ausschalter des Autopiloten, regulierte die Drehknöpfe, um sicherzugehen, dass die Maschine ohne Druck auf die Fluginstrumente flog, und versuchte es dann noch einmal mit dem Schalter des Autopiloten. Wieder vollführte die Maschine einen Satz nach rechts, ehe das System sich ausschaltete.

Natürlich sind Frett-Transporter mit Hilfsverbindungen und Navigationsfunk, sowie Treibstoffverteiler ausgerüstet, falls ein Motor ausfällt. Einen Reserve-Autopiloten haben sie jedoch nicht, und obwohl die Belastung für die Pilotin steigt, wenn das System versagt, wird von ihr erwartet, das Flugzeug auf die altmodische Art und Weise per Pfote zu steuern.

Sie schob ihren Sitz um eine Raste vor und führte die Überprüfung der Instrumente fort, lenkte die Maschine geduldig nach links, wenn sie von den Turbulenzen nach rechts geworfen wurde, und zog sie in die Höhe, wenn sie nach unten gedrückt wurde; betätigte die Steuerung mit geringem Druck mal zur einen, mal zur anderen Seite, um den Luftfrachter auf Kurs zu halten.

Ein jüngerer Pilot hätte sich gefragt: Woher kommt dieses Wetter, obwohl von Portland aus Richtung Süden klare Sichtverhältnisse vorhergesagt waren? Doch Stormy hatte es schon früh gelernt … ein Pilot fliegt nicht nach Vorhersage, er fliegt nach dem Wetter, das gerade herrscht; da spielt es keine Rolle, ob es angekündigt oder ob vor einer Änderung gewarnt worden war.

Nur ganz kurz schoss ihr durch den Sinn, ob sie nicht von ihrem Plan abweichen und landen sollte, um den Autopiloten zu reparieren. Dieser Gedanke erschreckte sie, so dass sie ihn sofort verdrängte. Sie flog, um ihre Fracht nach Salinas zu bringen, und sie würde noch vor dem Morgengrauen rechtzeitig dort eintreffen. Ich lande erst, wenn alle vier Motoren in Brand geraten sind, dachte sie, oder wenn alle den Geist aufgeben. Ich habe schließlich eine Aufgabe zu erfüllen.

Draußen vor ihrem Fenster verdrehte Baxter die Augen. Sein Job würde nicht leicht werden.

Während sie flog, überlegte Stormy, was wohl zum Ausfall des Autopiloten geführt haben könnte. Vielleicht hatte der Spannungsregler infolge der heftigen Turbulenzen versagt. Die Elektronik könnte das Flugzeug in die entgegengesetzte Richtung drehen, wenn das Pannensicherungssystem sie abstellt. Das war ein Defekt, den sie nicht vom Cockpit aus beheben konnte.

Langsam sank die Nadel des Außentemperaturmessgeräts. Als die Pilotin den Schalter des Vereisungslichts abermals drückte, flitzten wie immer Schneeflocken an den Flügeln vorbei, und die Regentropfen, die auf dem Metall auftrafen, gefroren sofort. Die Geschwindigkeit des Luftfrachters hatte bereits nachgelassen, denn das Gewicht des Eises zog an den Flügeln. Eis in der Luft ist keinesfalls ein Freund der Flieger.

Sie hatte nicht gemerkt, dass das plötzliche Aufleuchten des Vereisungslichts den armen Baxter geblendet hatte, so dass sein Hubschrauber hilflos ins Trudeln geriet.

»Stormy!«, schrie er. *»Denke bitte nach, bevor du das Vereisungslicht einschaltest! Denke einfach, Zeit für das Vereisungslicht, ja? Eine kleine Vorwarnung für mich?«*

Kurz darauf konnte er wieder etwas sehen und verzieh ihr, denn sie wusste ja nicht, dass er da war. Der Frettchenengel schloss sich der Transportmaschine der Sterblichen wieder an.

Während er mitten in der Nacht neben dem Transportflugzeug der Luftfrett-AG herflog, dachte Baxter an Willow, die den Tod ihres Großvaters betrauerte. Welches Geschenk könnte er ihr schicken, um sie wissen zu lassen, dass er sie liebte und nicht tot war? Wie konnte er ihr helfen zu verstehen, dass das Leben nicht aufhört?

Es war nicht so viel Eis, entschied Stormy, um die Enteisungsschläuche aufblasen zu müssen. Damit ging sie vorsichtig um. Bei einem Flug hatte sie gewartet, bis sich genügend Eis gebildet hatte, und als sie dann die Schläuche in Gang setzte, wurde nur die eine Hälfte aufgeblasen, so dass am Ende auf dem einen Flügel Eis war, auf dem anderen nicht. Sie hatte es bis Modesto geschafft, die Fracht kam rechzeitig an, doch die Anstrengung, eine aus dem Gleichgewicht geratene Frachtmaschine zu steuern, hatte ihr die Erkenntnis gebracht, dass sie so etwas nicht noch einmal brauchte.

»Seattle Center«, rief sie, »Frett drei-fünf erbittet Freigabe für Flughöhe siebentausend, wenn es möglich ist.«

In zweitausend Pfotenlängen weiter unten würde die Außentemperatur bei vier Grad liegen. Damit wäre das Problem der Vereisung vorläufig gelöst und auf später verschoben.

»Roger, Frett drei-fünf, Freigabe erfolgt in zwei Minuten.«

»In zwei Minuten, verstanden.«

Stormy hatte sich einmal gefragt, warum Piloten über Funk immer *wir* sagen, obgleich sie allein fliegen. Ich und das Flugzeug, hatte sie sich selbst die Frage beantwortet, ich und mein Flugzeug, das sind *wir*.

»Stormy Frett! Hier ist Baxter, ich bin heute Nacht dein Frettchenengel. Du wirst meinen Anweisungen folgen müssen …«

Wie schön wäre es, dachte sie, wenn der Sitz des Copiloten nicht leer wäre. Ein zweiter Pilot an Bord, der einen Teil der Last abnehmen könnte, mit dem man sich etwa jede halbe Stunde die Aufgabe des Fliegens per Pfote teilen könnte. Und die Einsamkeit vertreiben. Gibt es denn kein besonderes Frettchen, das mir vom Schicksal bestimmt ist? Wäre das zu viel verlangt?

»Interessant, dass du das jetzt erwähnst«, sagte Baxter im Geiste zu ihr. »Wenn du im Übrigen nach Redding ausweichen würdest, könntest du einen Flieger namens Strobe kennen lernen …«

Doch es ist kein Copilot da, sagte sie sich, weder ein besonderes noch ein x-beliebiges anderes Frettchen, und was getan werden muss, um diese Fracht nach Salinas zu bekommen, werde ich allein schaffen.

Da bind mir doch einer 'n Knoten in den Schwanz!, dachte Baxter. Warum hört sie denn nicht zu? Mit ein wenig Übung, so hatte man ihm gesagt, geht es leicht, mit Sterblichen in Kontakt zu treten, wenn sie es denn zur Kenntnis nehmen würden. Und was, wenn man keine Übung hatte und sie sich nicht darum scherte?

»Frett drei-fünf«, meldete das Seattle Center, »Freigabe für siebentausend Pfotenlängen je nach Ermessen des Piloten.«

»Frett drei-fünf, verlasse neun- und gehe auf siebentausend.«

Stormy stellte den Höhenanzeiger des ausgefallenen Autopiloten wieder auf 7, schob den Steuerknüppel nach vorn und brachte ihn in die richtige Position.

Die Transportmaschine schoss im Sinkflug durch die Nacht, tausend Pfoten in der Minute, und wurde von der Dunkelheit verschluckt.

So beängstigend es zunächst ist, allein in einer fliegenden Maschine zu sein, so viel Freude macht es, wenn man ein wenig Übung hat. Warum gefällt es mir so, fragte sie sich, was ist daran so faszinierend? Ich hebe ab in den Himmel, bin stundenlang allein dort oben in luftiger Höhe, manchmal ohne Mond und Sterne, gleite nach unten, durchbreche die Wolken, sehe die Landebahn vor mir, setze auf. Warum bedeutet mir das so viel?

Die Einzigen, die ihre eigenartige Vorliebe und ihre Fähigkeiten teilten, waren die Frettchen, die auch flogen. Sie waren daran auszumachen, dass sie eher schwiegen, wenn man sie danach fragte, was sie hoch oben in der Luft sehen, als dass sie sich in Beschreibungen ergingen, was es ihnen bedeutet, Flügel zu haben. Piloten, so hatte sie festgestellt, bringen ihre Berufung nur selten mit Worten zum Ausdruck.

Für Stormy kam das Fliegen einem mystischen Wasserfall gleich, einem plätschernden, verzauberten Spiegel, den sie täglich durchflog, um in ein anderes Land dahinter zu gelangen. In einem Moment noch ein Geschöpf der Erde, das die Maschine von weitem betrachtete, verband sie im nächsten ihren Geist mit dem des Flugzeugs, und beide verwandelten sich in ein anderes Wesen.

»Achtung, Stormy Frett, Achtung, Stormy Frett!«, rief Baxter. *»Der nächste Vorschlag, den du hören wirst, kommt von deinem Schutzengel: Du musst auf dem Flughafen von Redding landen. Du musst dein Ziel ändern und Redding anfliegen! Over.«*

Sie konnte nicht glauben, dass es Frettchen mit anderen Vorlieben gab, und da sie davon überzeugt war, dass dies nur deshalb so war, weil man die Ärmsten nicht richtig mit der Luft vertraut gemacht hatte, beschloss sie, dies selbst zu übernehmen.

An fast jedem freien Tag hob sie von Sonnenauf- bis Sonnenuntergang junge Frettchen in die Kanzel ihres auf Hochglanz polierten Wasserflugzeugs. Sie zeigte ihnen, wie man den Motor anließ, wie man vom Ufer in den silberblauen See in der Nähe ihres bescheidenen Hauses rollte; sie ließ sie den Gashebel nach vorn schieben, den Steuerknüppel zurückziehen und in den Himmel aufsteigen.

»Wenn du mich hörst, berühre deine Nase«, rief Baxter.

Die Pilotin flog weiter, beide Pfoten am Steuerknüppel.

Es war geradeso, als könne Stormy Frett die Schönheit des Fliegens nicht nur für sich bewahren, als müsse sie ihr Wissen weitergeben, um es richtig genießen zu können; da

sie selbst nicht sehen konnte, wie ihre Augen die Freude am Fliegen widerspiegelten, gefiel es ihr, diese in den Augen der anderen zu sehen.

Diese Gedanken gingen ihr beim Fliegen durch den Kopf. Ein Teil ihres Verstandes war diszipliniert und konzentrierte sich auf die Pflichten einer erfahrenen Pilotin, der andere Teil träumte und erlebte noch einmal den Funken der Begeisterung, den der gestrige Flug mit dem Wasserflugzeug in der kleinen Estrella Luisa Frett entfacht hatte, als sie zum ersten Mal vom Boden abgehoben war.

»Zeit für das Vereisungslicht«, dachte sie.

Der winzige Hubschrauber draußen vor dem Fenster machte einen Satz zur Seite, kurz bevor der Lichtstrahl aufflammte.

»Danke«, sagte Baxter. *»Bitte bestätige, dass du mich hörst. Ich bin dein Frettchenengel, und ich bin hier im Dunkeln bei dir. Du wirst es nicht glauben, aber ich bin hier, um zu helfen …«*

Pilotin und Flugzeug näherten sich dem Funkfeuer von Medford, Oregon, und Stormy Frett hielt ihren Luftfrachter auf Kurs und Höhe. Unter den Wolken reckten sich die Ausläufer des Siskiyou Gebirges in den Himmel und trieben feuchte Luft in die Höhe, wo sie sofort auf jeder sich bewegenden Oberfläche gefror. An dieser Stelle, das wusste Stormy, würde sie wieder auf die Mindestflughöhe über dem Hochland aufsteigen müssen.

Unter mir Ödland, dachte sie mit einem Blick auf die Uhr. Es war Viertel nach zwei. »Du kannst mit einem Flugzeug gefahrlos alles machen«, hatte ihr Lehrer vor langer Zeit einmal gesagt, »bis du auf dem Boden auftriffst.«

Stormy hatte den Boden bisher nur sanft berührt, mit den Rädern zuerst, auf Landebahnen. Sie hatte kein Interesse, es auf andere Weise zu versuchen.

Eine andere Wellenlänge, dachte Baxter. Sie will meine Hilfe nicht annehmen, aber vielleicht kann sie mir helfen. *»Was kann ich meiner Willow schenken?«*, rief er. *»Sie glaubt, ich hab sie verlassen. Sie glaubt, ich sei tot!«*

Längst vergangene Erinnerungen stiegen in Stormy auf; dann fielen ihr plötzlich der Helm und die Schutzbrille ein, die ihr Vater ihr einmal mitgebracht hatte, als sie ein sich für den Himmel begeisterndes Jungtier war. Er selbst sollte erst dann zum ersten Mal fliegen, als sie ihren Anfängerschein bekommen hatte und er seine Tochter begleitete. Doch bevor es so weit war, schenkte er ihr eines Tages aus lauter Liebe einen Flughelm und eine Schutzbrille, die er für ein paar Pennies in einem Gebrauchtwarenladen gekauft hatte.

Wie sie beides in Ehren gehalten hatte! Die Liebe ihres Vaters hatte aus dem Geschenk etwas ganz Besonderes gemacht. Helm und Schutzbrille hatte sie auf ihrem ersten Alleinflug getragen; sie hatte sie noch immer und schätzte sie über alles.

Seattle Center meldete sich und unterbrach ihren Traum. »Frett drei-fünf, Freigabe für eins-eins tausend, elftausend Pfotenlängen zum Überqueren des UKW-Drehfunkfeuers von Rogue Valley.«

»Frett drei-fünf«, erwiderte sie, »steige von siebentausend auf eins-eins tausend, elftausend.«

Diese umständliche offizielle Formulierung rührte daher,

dass ein Pilot einmal die Freigabe erhalten hatte, um auf eins-eins tausend Pfotenlängen zu steigen, dies aber missverstand und stattdessen auf eintausend Pfotenlängen sank und Bergspitzen dort sah, wo er den Himmel vermutete. Jede Luftfahrtregel, so hieß es, sei das Ergebnis eines Fehlers, der jemandem unterlaufen war.

Jetzt fängt der schwierige Teil an, dachte sie, jetzt kann ich zeigen, was ich draufhabe. Sie schob alle Gashebel nach vorn, um in den Steigflug zu gehen. In diesem Augenblick hatte die vierte Maschine eine Fehlzündung, das gleichmäßige Dröhnen ging in unregelmäßiges Stottern über. Stormy spürte es am Ruckeln des Steuerknüppels und drückte den Hebel für das Treibstoffgemisch der Maschine nach vorn, bis sie wieder gleichmäßig lief.

»Da stimmt was nicht«, sagte sie.

»Hallo, Nimble«, rief Baxter nach vorn über die Funkfrequenz der Frettchenengel. »Setzen wir etwa ihre vierte Maschine außer Kraft? Ich dachte, wir machen das Wetter, mehr nicht. Ist es nicht ein bisschen riskant, ihre Maschine hier oben ausfallen zu lassen?«

Auf der Flugroute nach Süden hatten Nimble und Prestor gute Arbeit mit dem Sturm geleistet. Die Energie des Shasta-Wirbels schleuderte warme Luft in die Höhe wie aus einem unsichtbaren Vulkan. Als sie die Energie des Tahoe-Wirbels freisetzten und nach Norden schickten, war es, als hätten sie Öl ins Feuer gegossen – überall zuckende Blitze, glimmende Äste, abgerissen und gespalten durch einen hoch aufragenden elektrostatischen Wald.

»Natürlich setzen wir ihre Maschine nicht außer Kraft,

Baxter«, rief Nimble durch den Donner. »Und du sollst es auch nicht machen. Sie braucht alle Energie, die sie hat!«

Esther, die Energiechefin, gab eine nachdrückliche Warnung von ihrem Hubschrauber hoch über der Sierra durch, als der Yosemite-Wirbel losging. »Achtung, Frettchenengel, wir haben einen Ausbruch Stärke zehn Richtung drei-fünf-fünf, angeschlossen an die Stärke acht in der Luft. Alle Einheiten bleiben klar bis zum Zusammenprall.« Dann, als sie die Wolkenfronten sah, die sich am Horizont auftürmten: »Hier kommt er, liebe Engel! Das halbe Himmelszelt fällt auf euch!«

Nimble sah es von Süden her auf sich zukommen, eine Lawine geballter Luft von der Meereshöhe bis zu einer Höhe von annähernd achtzigtausend Pfotenlängen, sich aufbäumende Kumuluswolken, eingerahmt von blauem Feuer, die mit der Geschwindigkeit einer Feuerwalze über die Flugroute kamen. Wenn diese Kraft auf den Sturm treffen würde, den sie über dem Siskiyou Gebirge bereits ausgelöst hatten …

Nimble drehte nach Norden ab, seine Augen waren groß wie Teller. »Lass uns hier verschwinden, Prestor!«

Der war einverstanden, und die beiden goldenen Maschinen schossen mit voller Kraft die Flugroute zu Stormys Maschine hinauf, wobei sie auf der Druckwelle des Ungeheuers ritten, das sie erschaffen hatten.

»Baxter«, rief Nimble, »vielleicht haben wir es mit dem Sturm etwas zu gut gemeint. Er hat noch einen weiten Weg vor sich, aber er kommt furchtbar schnell …«

Stormy warf einen Blick auf den Treibstoffdruckanzeiger für den vierten Motor. Der schwankte nur leicht. Dann prüfte sie den Öldruck der Nummer vier. Zitterte der etwa, wenn auch nur ganz leicht? Sie schaute nach rechts durch das Cockpitfenster zum vierten Motor. Keine Funken, kein Feuer, nur absolute Dunkelheit.

Flugzeugunfälle passieren nie von sich aus, sie stehen immer am Ende einer ganzen Kette von Ereignissen, und der Start eines jeden Flugzeugs ist der Anfang einer solchen Kette. Die Kettenglieder, die auf Stormy zutrafen, lauteten:

Sie war gestartet,
sie flog allein,
nach Instrumenten,
bei Nacht,
mit einem nicht funktionierenden Autopiloten,
stieg in bekannte Vereisung auf,
über zerklüftetem Gelände,
auf unsichere Wetterverhältnisse zu.

Das nächste Glied, dachte sie, lautet:

Mit einem Motor, der jederzeit aussetzen könnte.

Man brauchte nicht viel Phantasie, um den Unfallbericht zu beenden: *Die Pilotin war nicht in der Lage, den Propeller ihres ausgefallenen Motors auf Segelstellung zu bringen. Das Flugzeug verlor aufgrund der schweren Eislast an Höhe, bis es in den Bergen zerschellte.*

Sie prüfte die Schalter des Vereisungsschutzes für den Propeller noch einmal: *An*, und hoffte, die Elektrik würde die schweren Rotorblätter gegen die bevorstehende Kälte erwärmen.

Jeder weiß, dass die Aufgabe des Piloten darin besteht, die Kette zu durchbrechen, ehe ein Unfall passieren kann, dachte sie. Doch ein Fachmann weiß auch, dass es ihr Job ist, die Fracht nach Süden zu fliegen und sie bis zum Morgengrauen dort abzuliefern.

Stormy runzelte die Stirn, zog den Steuerknüppel leicht zurück, und der Luftfrachter begann zu steigen. Dieser Streckenabschnitt ist der schlimmste. Es wird eine Weile dauern, bis wir die Berge hinter uns haben.

Der Steigflug dauerte eine Minute länger als geplant, und als sie schließlich die Reiseflughöhe erreicht hatte, sammelte sich unaufhörlich Eis auf den Flügeln an. Die Fluggeschwindigkeit ließ beträchtlich nach. Noch ehe sie das Licht einschaltete, wusste sie, was sie sehen würde: Eis, einer Decke gleich, auf der gekrümmten Metalloberfläche, prächtig wie Engelsflügel, ein glitzerndes Leuchten in der Nacht.

Motor Nummer vier stotterte und lief dann aber wieder ruhig.

Stormy hatte im Cockpit alle Hände voll zu tun; sie war so beschäftigt, dass keine Angst aufkam. Sie erhöhte die Vergasertemperatur aller Motoren und lenkte sie in voller Stärke auf die Nummer vier. Die Maschine heulte noch einmal auf und funktionierte dann wieder.

»Stormy«, rief Baxter. *»Versuch doch, mich zu hören. In zwei Minuten … es tut uns ja Leid, aber in zwei Minuten wird's hier oben ein bisschen stürmisch werden. Wir alle hoffen, dass du nach Redding ausweichen kannst …«*

Zeit, die Enteisungsschläuche aufzublasen, dachte sie und drückte auf den Knopf, mit dem das Enteisungssystem für die Flügel in Gang gesetzt wurde. Im Nu wurde das Eis von den Flügeln des Transportflugzeugs abgesprengt – wie Glasscherben, die sie in der Nacht hinter sich ließ, dunkle, trudelnde Silbermesser.

Wäre Baxter nicht bereits jenseits der Regenbogenbrücke gewesen, hätte die Eruption aus messerscharfen Klingen, die seinen Hubschrauber durchdrangen, ihn auf der Stelle dorthin befördert. So aber tauchte er reflexartig ab und wusste nie genau, ob er die Explosion verpasst hatte, oder ob die glühenden Dolche den Hubschrauber und seinen Körper durchdrungen hatten, ohne Schaden anzurichten.

Alles in Ordnung, dachte er, alles läuft nach Plan. Noch eine Minute.

»Komm schon, Stormy«, sagte die Frachtpilotin laut zu sich, »Ruhe bewahren. Alles in Ordnung, nur ein weiterer Flug. Ein Flug unter vielen.«

Hätte sie dem allen um sich herum mehr Beachtung geschenkt, dann hätte sie den Zusammenprall vorausgesehen: wie ihr Transportflugzeug dahinrumpelt, wie zwei Frettchenengel sich fluchtartig vor ihrem eigenen Sturm zurückziehen, der einem entgleisten Güterzug in der Größe von Sizilien gleichkam.

Nimble und Prestor machten kehrt, um sich dem Transportflugzeug anzuschließen, und flogen hundert Pfotenlängen voraus. Sie würden kurz vor dem Luftfrachter auf das Chaos treffen.

Baxter flog nah an das Cockpit heran und schaute durch die Scheibe auf Stormy Frett.

Sie wird das Schicksal meiner Willow teilen, dachte er.

Während sie ihre Instrumente im Auge behielt, beobachtete er ihre dunklen Augen, spürte ihre Gedanken; ganz allmählich öffnete sich der Weg für eine Verbindung zwischen ihnen.

»Sag ihr, sie soll sich festhalten«, keuchte Nimble. »Wir mussten es tun. Bei dem, was uns bevorsteht, wenn ich das mal so sagen darf, wird sie sich bald besinnen …«

»Es ist ihr Schicksal«, sagte Prestor, als einzige Entschuldigung, die ihm einfiel. »Sie muss Strobe begegnen!«

So vorsichtig wie möglich flog Baxter noch näher an das Cockpit heran und versuchte, eine gedankliche Verbindung mit Stormy aufzubauen: Alles wird gut. Aber du musst landen, du musst in Redding landen!

Nimbles Stimme war zu hören: »Und auf geht's!«

»Stormy!«, rief Baxter der Sterblichen im Cockpit zu. *»Du musst landen!«*

So etwas hatte sie in der Luft noch nicht erlebt. Stormy flog mit ihrem Luftfrachter kopfüber in Luftströmungen, die durch Aufwinde zu herabstürzenden Blöcken zerrissen wurden, durch Abwinde zu Niagarafällen, kupferfarbene, zuckende Blitze wie Schwerter und Speere trafen hin und wieder auf ihre Flügel und brannten Löcher ins Metall.

Im Cockpit ist der Donner für gewöhnlich nicht zu hören; jetzt aber krachte er immer wieder herein. Ihre Transportmaschine wurde derart heftig vom Unwetter gebeutelt, dass das Instrumentenbrett unablässig bebte und vor ihren Augen verschwamm.

Hätte sie in diesem Augenblick mit heiterem, liebevollem Geist aus dem Fenster geguckt, hätte Stormy einen winzigen Hubschrauber gesehen, der von einem gewaltigen Luftstrom nach oben geschleudert wurde. Stormy hätte auch gesehen, wie er für einen Moment wieder am Fenster auftauchte, während der Pilot darum kämpfte, die Kontrolle über seine Maschine zu behalten; dann verschwand er wieder und wurde außer Sichtweite nach unten gedrückt.

Da sie keine Frettchenengel neben ihrem Fenster vermutete, schaute sie auch nicht zur Seite. Entschlossen packte sie den Steuerknüppel und holte das, was sie vom künstlichen Horizont zu erkennen vermochte, oder das, was sie dafür hielt, wieder in die Horizontale.

Die Windschutzscheibe war längst zugefroren; Stormy unternahm nichts, um wieder eine klare Sicht zu bekommen, da sie damit rechnete, dass entweder das Eis durch die Erschütterungen zu Bruch ging, oder dass die Scheibe selbst platzte.

Sie drückte auf ihren Mikrofonknopf und hatte größte Mühe, ihn festzuhalten. Ihre Stimme klang, als käme sie aus einem rotierenden Betonmischer: »Seattle Center, Frett drei-fünf. Wir haben etwas Eis angesetzt, und der Flug ist gerade ziemlich stürmisch. Wir melden unseren Wunsch nach einer geringeren Flughöhe an, sobald es Ihnen recht ist.«

Baxter tauchte wieder am Fenster auf, gestikulierte und zeigte. *»Runter!«* Dann wirbelte er davon.

Weit unten beobachtete ein Fluglotsenfrettchen seinen Radarschirm und antwortete auf ihren Ruf. »Frett drei-fünf, hier ist Seattle Center. Wir können Ihnen bestenfalls eins-null tausend geben, zehntausend Pfotenlängen, wenn das hilft.«

»Das ist okay.«

»Sag ihm, er soll sie warnen!«, rief Baxter. »Nimble, sag dem Fluglotsen, er soll sie warnen!«

»Frett drei-fünf«, kam es aus Seattle Center, »Sie sind für eins-null tausend, zehntausend Pfotenlängen, freigegeben, je nach Ermessen der Pilotin.«

Zehntausend Pfotenlängen lagen noch immer im Frostbereich, und Eis bildete sich im Sturm schneller als je zuvor. Sobald sie die Enteisungsschläuche betätigte, war es, als flöge der Luftfrachter in großer Höhe durch ein riesiges Schaufenster: Scherben und Bruchstücke lösten sich ab, glitzerten und fielen ins Dunkel.

Zehntausend Pfotenlängen war ein Witz. Stormy konnte in dem Wirbelsturm ebenso wenig die Flughöhe einhalten, wie sie auf dem Instrumentenbrett etwas lesen konnte, da es, wie von einem Presslufthammer bearbeitet, bebte.

»Unser Radar ist bei Unwetter leider nicht sehr gut, Luftfrett-AG«, hieß es aus Seattle Center, »aber von Ihrer jetzigen Position bis auf Victor zwei-drei runter sieht es recht düster aus.«

Sie gab keine Antwort. Flugkapitän Janine Frett versuchte nach Kräften, ihre Maschine auf Kurs zu halten; hin und wieder brach Eis von den Flügeln, Baxter bemühte sich, in ihrer Nähe zu bleiben und die Pilotin umzustimmen, Nimble und Prestor in ihren kleinen Hubschraubern hielten sich hinter den Flügelspitzen des Luftfrachters.

Die Glockenbälle hoben zu einer irren Melodie an, als hätte sich die Frachtmaschine in einen verrückten Schlitten verwandelt, der in einer Höhe von zehntausend Pfotenlängen in Schneeverwehungen außer Kontrolle geraten war.

Auf den ungeschützten Flächen der Maschine – der Spitze, den Propellerkuppeln, den Funkantennen, den Spitzen der Höhen- und Seitenruder – wurde die Eisschicht immer dicker.

Allmählich gewann das Unwetter die Oberhand. Stormy gab ihren Kampf auf, die Höhe beizubehalten, und richtete sich darauf ein, ihre Maschine gerade in der Luft zu halten und sich vom Sturm hin und her werfen zu lassen.

Sie biss die Zähne zusammen. Kaum dass ihr Körper nach hinten gedrückt wurde, wurde er Sekunden später mit einem Ruck gegen den Sicherheitsgurt gepresst, und die Pilotin hörte nicht auf die innere Stimme, die ihr sagte, sie habe genug für heute Nacht. Ob man die Nase voll hat, danach wird nicht gefragt, dachte sie. Man kann nicht aufgeben. Man muss die Maschine fliegen.

Während sie im Himmelsbeben durchgeschüttelt wurde, dachte sie an ihr Wasserflugzeug, das sicher zu Hause im Hangar stand; in ein paar Tagen würde sie wieder Jungtiere auf ihrem ersten Flug begleiten. Obgleich sie genervt war, als sie erneut das Eis von den Flügeln sprengen musste, lächelte sie.

Stormy überlegte lange, bevor sie Seattle Center rief. Sie hatte es sich zur Gewohnheit werden lassen, Berichte über Turbulenzen und Eisbildung zu untertreiben, doch sie konnte nicht zulassen, dass ein anderer Pilot ohne Vorwarnung auf diese Route geschickt wurde. Eine kleinere Maschine als der Luftfrachter würde zerfetzt werden.

In dem Moment, als sie beschloss, eine Verbindung mit Seattle Center herzustellen, wurde ihr die Pfote vom

Mikrofon gerissen. Nein! Sie umfasste den Steuerknüppel fest mit beiden Pfoten und rüstete sich gegen den Aufwind, der bald folgen würde. Und er kam: Ihr Kopf wurde ruckartig nach unten gedrückt, während die Maschine senkrecht nach oben geschleudert wurde.

»Seattle …«

Drei Sekunden lang wurde der Himmel ringsum gleißend hell, kein einzelner Blitzstrahl, sondern ein ganzes Bündel, das sie blendete. Sie flog nach Gefühl und wartete darauf, dass sie wieder etwas sehen konnte.

Durch das Getöse der Maschinen und des Sturms hörte die Frettchenpilotin, wie es hinter ihr im Laderaum krachte, eine Palette unter den Containern hatte sich losgerissen. Das war nicht gut. War ein Container bei diesem Unwetter nicht verankert, würde er durch den Rumpf geschleudert, und das wäre das Ende.

Berge glitten unter ihr dahin, mächtig und unerschütterlich wie Felsgestein. Unter großen Anstrengungen, da ihre Pfote ständig von der Schalttafel gerissen wurde, wechselte Stormy auf die Frequenz von Oakland Center. Verzweifelt sehnte sie sich nach einer Flughöhe, in der es wärmer wäre und weniger turbulent zuginge.

Für die Funkantennen gab es keine Enteisungsschläuche. Daran wurde sie durch eine Meldung aus Oakland Center erinnert.

»Frett drei-fünf, hier spricht Oakland Center. Es gibt eine neue SIGMET-Meldung Alpha eins für Konvek …«

Sie vollendete die Warnung in Gedanken und ging davon aus, dass die plötzlich eingetretene Stille nicht daher rührte, dass der Bodenfunk versagt hatte, sondern dass die vereiste Antenne von ihrem Flugzeug gerissen worden war. Die Funkverbindung war tot, kein Laut war zu hören außer statischen Geräuschen: weißes Rauschen, das zu dem wilden Schneesturm draußen passte.

Sie brauchte keine Warnung, die sie über SIGnifikante METeorologische Bedingungen in Kenntnis setzte, wie es in der Luftfahrt so vornehm hieß, denn sie konnte nicht auf ein Entrinnen hoffen. Der kürzeste Weg aus schwierigen Wetterbedingungen ist der direkte.

Der Luftfrachter pflügte durch die wirbelnde Luft wie ein Trampdampfer durch einen Taifun, stampfte, sackte ab und schlingerte in der Dunkelheit. Die Pilotin schaltete auf das zweite Funkgerät um, obwohl sie nicht sicher war, wie lange diese Antenne das Eis überleben würde.

»Hallo, Oakland Center, hier Frett drei-fünf.«

»Frett drei-fünf, bestätigen Sie die SIGMET-Meldung.«

»Wir sind mittendrin!«, sagte sie mürrisch. »Wir haben unsere Hauptfunkantenne verloren; wenn wir die zweite auch verlieren, werden wir Salinas nach Gedächtnis ansteuern.«

Das war das übliche Verfahren, doch sie wollte es festgehalten haben. In ihrer Flugtasche trug sie ein batteriebetriebenes Hilfsfunkgerät bei sich und dachte, dass sie es in dieser Nacht vielleicht gebrauchen könnte.

»Roger, drei-fünf. Das Wetter in Salinas ist windstill, gemessen in fünfhundert Pfotenlängen Höhe, bewölkt, leichter Regen, Nebel ...«

Sie nickte. Klar, dachte sie. Oakland Center wies darauf

hin, dass das Wetter in Salinas schlechter als vorhergesagt war, dass sie vielleicht auf einen leichteren Landeplatz ausweichen sollte.

»Ja!«, rief Baxter ihr zu. *»Weiche aus! Im Unfallbericht macht es sich nicht gut, wenn da drin steht, dass du weitergeflogen bist …«*

Selbst mein Verstand spielt heute Nacht verrückt. Sie klammerte sich an den Steuerknüppel. Alle wollen, dass ich aufgebe. Sie setzte ein grimmiges Lächeln auf. Nicht mit mir.

Sie beschloss, nicht aufzugeben, war sich dabei allerdings bewusst, dass sie das nächste Glied an die Kette fügte: *Pilotin lehnte die Gelegenheit einer vorbeugenden Landung ab, nachdem der Sturm ihr Flugzeug demoliert hatte.*

Die Transportmaschine schlitterte und rumpelte durch einen Himmel, der schwärzer und stürmischer war als alles, was Stormy bisher erlebt hatte; Karten und Klemmbrett flogen durch das Cockpit. Sie hatte ihren Kurs im Kopf, doch soweit sie wusste, war sie an diesem Abend allein über dem Siskiyou Gebirge unterwegs; so verrückt war niemand.

Das nicht, dachte sie und zog den Schultergurt so fest wie möglich. Sie packte den Steuerknüppel, gefasst auf die nächste Attacke, die sie aus der Bahn zu werfen drohte. Sie war nicht verrückt, nur entschlossen.

»Nimble! Prestor!«, rief Baxter. Seine Stimme klang abgehackt im Sturm. »Sie hat sich entschieden, sie will da durch! Legt noch zu! Noch mehr Turbulenzen!«

Prestor rief zurück: »Wir haben voll aufgedreht, Baxter! Noch heftiger geht's nicht.«

Minuten waren wie Monate. Der Luftfrachter flog, als

wäre er ein Lastwagen, der auf großen, quadratischen Rädern von der Straße abgekommen war und einen Berghang hinunterrollte. Stormys Kiefer schmerzten, weil sie andauernd die Zähne zusammenbiss; sie wusste kaum noch, wie ein Höhenmesser aussah, da sie ihn nur noch verschwommen wahrnehmen konnte.

Dann stürzte die Anzeige für den künstlichen Horizont ab, der Kreisel wurde über seine Grenzen beansprucht und warnte, dass der Luftfrachter kopfüber stehe und ins Trudeln geraten sei. »Nein, das tust du nicht«, sagte die Pilotin. Sie zog an dem Knopf, mit dem das Gerät neu eingestellt wurde, und es funktionierte wieder.

Im Frachtraum brach eine zweite und eine dritte Palette entzwei. Doch die Pilotin hatte sich regelrecht in ihre Aufgabe verbissen. Sollte sie das Seitenruder verlieren, würde sie ihre Maschine noch immer geradeaus fliegen, sie würde mit den Motoren steuern, wenn es sein musste.

Die ruhige Stimme des Fluglotsen unten in seinem stillen Radarraum: »Frett drei-fünf, Sie sind freigegeben für eine Flughöhe von neuntausend Pfotenlängen im Anflug auf das Shasta-Luftkreuz. Teilen Sie uns bitte Ihre Wetterverhältnisse mit.«

»Oakland Center, Frett drei-fünf«, erwiderte sie atemlos. »Wir haben eine Mischung aus Reif und Eisbildung. Und schwere bis extreme Turbulenzen …«

Bis zum Sashta-Luftkreuz im Süden dauerte es noch einige Minuten, und unter ihr wartete geduldig harter Fels.

Das Frettchen beobachtete die Messinstrumente für den vierten Motor und blinzelte angestrengt, um sich das Bild der bebenden Skalen einzuprägen. Der Öldruck war gesunken, in Ordnung. Er lag zwar noch über dem Minimaldruck, doch fehlte nur eine Nadelbreite. War der Öldruck noch eine Nadelbreite vom niedrigsten Stand entfernt, kam das einem leisen Wink an den Piloten gleich, dass etwas Unerfreuliches bevorstand. Der Wink nutzte nichts. Stormy weigerte sich zu glauben, dass ein Motor aussetzen könnte, wenn so viele andere Dinge bereits aus dem Ruder gelaufen waren.

Bald habe ich das Shasta-Luftkreuz erreicht, dachte sie, obwohl das nicht stimmte.

Sie drückte noch einmal auf den Schalter für den Vereisungsschutz; doch kein Eis brach ab, sondern der Schalter.

Peng, dachte sie und klammerte sich gegen den tosenden Sturm am Steuerknüppel fest. Das fehlte gerade noch.

Es dauerte eine ganze Weile, bis sie den Schalter neu eingestellt hatte, da ihre Pfote ihn in der bockenden, schlingernden Maschine immer wieder verfehlte. Dann drückte sie darauf und grüßte die von den Flügeln abspringenden Eisbrocken mit einem kurzen Nicken. Doch nach wenigen Sekunden versagte der Schalter erneut. Wieder ein Kettenglied, dachte sie: *Vereisungsschutz versagte*.

»Fast in Shasta«, sagte sie laut vor sich hin.

Mit zunehmender Eisschicht wurde das Flugzeug langsamer. Motor Nummer vier steht kurz vor dem Aus, dachte sie, der Autopilot hat ausgesetzt, die Hauptfunkantenne ist kaputt, der Reservefunk ist nahe dran, zu versagen, der Vereisungsschutz verabschiedet sich. Da fehlen nicht viele Glieder bis zur Bruchlandung.

In der einen Minute Zeit, die sie hatte, zog sie den Gashebel für den Motor Nummer vier um ein Viertel zurück.

»Oakland Center«, rief sie. »Frett drei-fünf nähert sich dem Shasta-Luftkreuz, von zehn- auf neuntausend.«

Oakland Center antwortete nicht. Die Sekunden vergingen, und es herrschte Schweigen.

»Oakland, hier spricht Frett drei-fünf, Funkkontrolle.«

Stille.

Antenne Nummer zwei hatte ausgesetzt. Sie zuckte mit den Schultern. Egal, auf neuntausend bin ich hier raus.

An Höhe zu verlieren war einfach, denn die vereiste Transportmaschine wollte nicht mehr fliegen.

Ich hätte höher steigen müssen, dachte sie. Als ich zum ersten Mal Eis sah, hätte ich so hoch steigen sollen, wie ich konnte. Wenn draußen eine Temperatur von zwanzig Grad minus herrscht, hätte ich über dem Eis fliegen können. Sie blinzelte. Hätte aber nicht funktioniert, denn Aufwinde treiben das kalte Wasser höher, die Vereisung wäre noch schlimmer gewesen und hätte mich nach unten gezwungen.

Während sie dies überdachte, sank Stormy Fretts Transportmaschine in der verfluchten Stille immer tiefer.

Draußen vor ihrem Fenster sah Baxter seine Felle davonschwimmen. Die Pilotin hatte das Schlimmste hinter sich, was die FE-Sondereinheit anzuzetteln imstande gewesen war.

»Stormy!«, rief der Frettchenengel und fügte dann verzweifelt hinzu: *»Janine! Willow zuliebe! Lande jetzt!«*

Sie vernahm den Klang seiner Stimme unbewusst, eine klare, fremde Stimme. Dann drehte sie ruckartig den Kopf hin und her, um die Worte abzuschütteln.

Auf einmal, mitten im Sinkflug, hörte das Inferno auf, ihr Lastwagen mit den rechteckigen Rädern sprang von seinem felsigen Berghang und schlitterte auf abschüssigem Glas weiter. Geisterhaft blaues Licht flackerte auf der zugefrorenen Windschutzscheibe. Sanft, weich. Elektrostatische Finger drückten auf die Transportmaschine.

Das unheimliche Licht, das durch die pfotenbreit dicke Eisschicht auf der Windschutzscheibe drang, spiegelte sich auf ihrem Gesicht, ihr schneeweißes Fell war kobaltblau. Jedes andere Tier wäre vor Dankbarkeit um die Stille in Tränen ausgebrochen. Stormy jedoch seufzte glücklich. Was für ein Wunder, dachte sie, ein Instrumentenbrett, das ich sehen kann!

Die Lichter der meisten Instrumente waren ausgefallen, zerbrochenes Glas lag auf dem Boden des Cockpits. Sie flog nach dem Licht des Himmelsgewölbes über ihr.

Die Außentemperatur war auf zwei Grad angestiegen. Bis Salinas müsste sie nicht wieder in eisige Höhen hinauf. Unbekümmert drückte sie auf den Enteisungsknopf für die Flügel. Außer dem leisen Plopp des Schalters passierte nichts. Das System war ausgefallen.

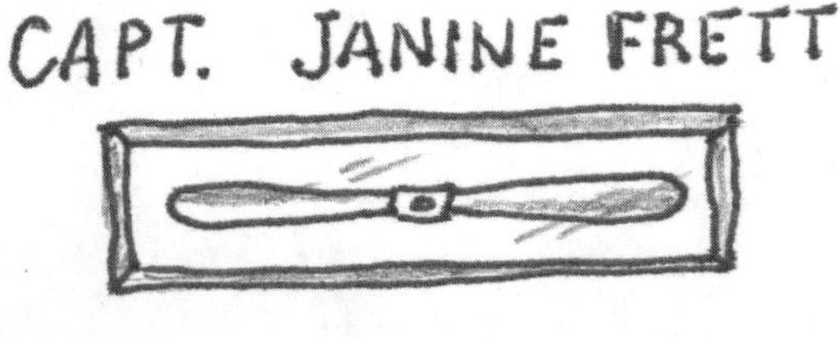

Sie griff hinter sich auf den Boden, wohin aufgrund der Turbulenzen ihre Flugtasche geflogen war. Aus einer Reißverschlusstasche direkt unter dem mit Kristall überzogenen Propeller ihres ersten Modellflugzeugs nahm sie ihr Pföty, zog die Antenne heraus und klemmte sich den winzigen Lautsprecher unter die Kopfhörer.

»Hallo, Oakland Center, wie empfangen Sie Frett drei-fünf?«

»Frett drei-fünf, hier Oakland Center, wir empfangen Sie gut. Sprechen Sie.«

Das Tier beruhigte und entspannte sich. »Oakland, Frett drei-fünf hat eine Flughöhe von neuntausend Pfotenlängen und bittet um die Freigabe von achttausend.«

Als hätte es kein Problem gegeben – und in den stillen Funkräumen des Oakland Center hatte es ja tatsächlich keins gegeben –, war die freundliche Stimme froh, helfen zu können. »Frett drei-fünf, der Pilotin ist es freigestellt, auf achttausend Pfotenlängen zu gehen, Red Bluff Höhenmessereinstellung zwei-neun-fünf-zwei.«

Die Pilotin bestätigte dies und ließ ihre Transportmaschine in wärmere Luftschichten hinabgleiten. Bei achttausend Pfotenlängen löste sich die erste Eisschicht von den Flügeln. Dann brach das Eis von der Windschutzscheibe, zunächst nur ein kleines Stück, dann war mit einem Mal die ganze Scheibe frei, und Regen sprühte wieder auf das Glas.

Im Lichtschein ihrer Eislampe sah die Pilotin, dass es nicht mehr schneite, sondern nur noch Regentropfen durch das Dunkel der Nacht trieben. Die kleinen Hubschrauber bemerkte sie nicht.

»Wir haben versagt«, meinte Baxter. »Wir konnten sie nicht aufhalten. Sie fliegt durch!«

»Wir können nicht immer gewinnen«, entgegnete Prestor. »Das hab ich schon erlebt. Manchmal sind sie so stur, dass wir nichts ausrichten können, ihre Schutzengel sind machtlos. Sie bitten nicht um Hilfe, nicht einmal, wenn es um ihr höchstes Ziel geht. Stormy hat entschieden, dass es ihr Schicksal ist, die Fracht ans Ziel zu bringen, und weder Strobe zu treffen noch die Welt zu verändern.«

»Wir schlagen nur vor«, meinte Nimble. »Und sie muss entscheiden. Sie ist die Sterbliche.«

»Aber meine Willow …«

»Deiner Enkelin wird's gut gehen«, sagte Prestor sanft, als wüsste er mehr als Baxter.

Stormy ließ den Motor Nummer vier mit niedriger Reisegeschwindigkeit laufen. Wenn er weiter gut funktionierte, dann hätte sie ihn lieber bei sich, falls sie den Instrumentenanflug auf Salinas verpatzte.

Eine neue Stimme über Funk: »Oakland Center, MusTel zwei-null. Wir befinden uns querab von Redding von siebentausend Pfotenlängen auf eins-zwei tausend, zwölftausend, Medford die Nächste. Sie könnten die Flugzeuge in Richtung Süden vielleicht auf schweres Wetter durch Sacramento aufmerksam machen.«

Stormy blinzelte ungläubig. Medford die Nächste? Dieser Pilot soll durch denselben Himmel fliegen, der meinen Luftfrachter fast in Stücke gerissen hat?

Die Frettchenengel hörten den Funkspruch.

»Das ist er!«, sagte Baxter. »Das ist Strobe!«

Stormy erwartete, dass Oakland Center MusTel 20 darüber in Kenntnis setzte, dass ein Luftfrachter der Luftfrett-AG schwere bis extreme Turbulenzen und starke Vereisungen auf der vor ihm liegenden Route gemeldet habe.

Sie taten es nicht. Sie wartete. Hatte in Oakland Center ein Schichtwechsel stattgefunden, dass der neue Fluglotse nichts von ihrer Meldung wusste?

Sie drückte auf ihre Funksprechanlage. »Oakland Center, Luftfrett drei-fünf mit einer Nachricht an MusTel zwei-null, falls er mich empfangen kann.«

»MusTel zwei-null, können Sie Luftfrett drei-fünf empfangen?«, fragte der Fluglotse in Oakland Center. »Sie hat eine Nachricht für Sie.«

Da war die Stimme wieder, gebrochen, als wäre die Pfote des Piloten vom Mikrofonknopf gezerrt worden. »Ich empfange Sie bestens, Luft – Luftfrettt. Bitte sprechen.«

Stormy machte es kurz: »MusTel, Luftfrett ist ein Luftfrachter auf der Flugroute Victor zwei-drei in Richtung Süden. Wenn Sie Victor zwei-drei nach Medford nehmen wollen, dann sollten Sie wissen, dass auf dieser Route extreme Wetterbedingungen herrschen. Ich hatte in einer Höhe von eins-eins tausend schwere Vereisungen, Turbulenzen rissen die Fracht aus den Verankerungen, und ich konnte mit der Schubkraft die Höhe nicht halten.«

»Roger, Luftfrett. Wenn Sie auf Victor zwei-drei nach Süden unterwegs sind, haben Sie ein Prob ...«

Stille. Hatte MusTel auch eine Antenne verloren?

Dann vernahm sie dieselbe Stimme auf einer anderen Frequenz. Irgendetwas war mit seinem Hauptfunkgerät passiert. »Oakland Center, MusTel zwei-null bittet um Kursanweisung für den Rückflug nach Redding. Wir werden nach Redding ausweichen.«

»Roger, MusTel. Bestätige, dass Sie Ihr Ziel Medford annullieren.«

»In Ordnung. Wir annullieren das Ziel Medford und weichen nach Redding aus. Wir überlassen Victor zwei-drei eine Weile dem Sturm.«

»Roger. MusTel zwei-null, Rechtskurve auf Kurs eins-sieben-fünf, erwarten Sie den Landekurssender von Redding, der sie auf die Anfluglandepiste eins-sechs einweist, halten Sie eine Flughöhe von siebentausend Pfotenlängen ein, erwarten Sie bald niedrigere Flughöhe.«

Der Pilot von MusTel wiederholte die Freigabe. Eine bemerkenswert ruhige Stimme, dachte Stormy, dafür, dass er in dem Sturm wendete, der gerade große Stücke aus ihrem Flugzeug gerissen hatte.

Dann funkte er wieder. »Oakland Center, hier spricht MusTel zwei-null. Sie sollten Luftfrett vielleicht informieren, dass sie ziemlich schlechtes Wetter auf Victor zwei-drei nach Süden zu erwarten hat. Wir haben da unten ein bisschen Farbe im Hagel lassen müssen. Ich weiß, es ist Sacramento, aber auf meinem Radarschirm sind überall Haken, es ist eine ziemlich wilde Angelegenheit.«

Die drei Frettchenengel schrien der Pilotin zu: *»Weich aus, Stormy Frett! Weich jetzt sofort aus!«*

Seufzend vernahm sie die schwache Stimme ihres höchsten Ziels. Sich durch eine galoppierende Kaltfront zu kämpfen, war unter Umständen heldenhaft, dachte sie. Eine solche zu überleben und sogleich die nächste in Angriff zu nehmen, das machte sich im Unfallbericht nicht gut.

Auf einmal war sie erschöpft.

»Hi, Oakland«, funkte sie. Worte, die sie noch nie im Leben ausgesprochen hatte: »Luftfrett drei-fünf, wir weichen aus. Wir annullieren unser Ziel Salinas und bitten um Anweisung nach Redding für den rückseitigen Steuerkurs eins-sechs und Landung in Redding.«

»Roger, drei-fünf, wir bestätigen Ihre Annullierung für Salinas. Sie erhalten Feigabe für die jetzige Position, fliegen Sie das UKW-Drehfunkfeuer von Redding an, erwarten Sie den Landekurssender/DME rückseitige Landepiste eins-sechs, bleiben Sie auf achttausend Pfotenlängen.«

»Drei-fünf«, sagte Stormy, »jetzige Position im Anflug auf UKW-Drehfunkfeuer und Landekurssender für rückseitige Landepiste eins-sechs, bleibe auf acht.«

Die Engel waren außer sich vor Freude, vollführten mit ihren Hubschraubern Loopings um den Luftfrachter herum, ließen funkelnden Feenstaub hinter sich und schafften es nur knapp an den rotierenden Propellern vorbei.

»Mission erfüllt«, sagte Nimble. »Mission erfüllt!«

Auch Gnats Verzweiflung war in Triumph umgeschlagen. Gänseschnabel, der in enger Formation neben Strobe geflogen war, hatte versagt. Es war ihm nicht gelungen, den Piloten zum Ausweichen zu zwingen, genauso wenig wie Baxter es bei Stormy vermocht hatte. Der Frettchenengel flüsterte ein Dankgebet. Die einzige Macht, die diese Menschen umzustimmen vermocht hatte, war der Vorschlag eines anderen Sterblichen gewesen.

LOC/DME BC RWY 16

REDDING MUNI

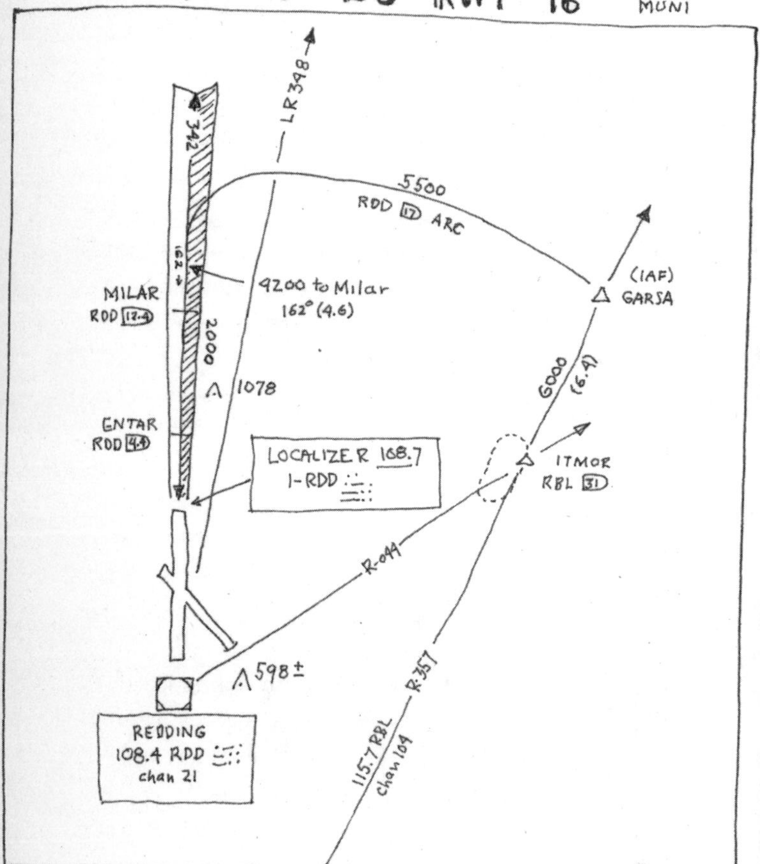

Stormy wendete ihren Luftfrachter und flog das UKW-Drehfunkfeuer von Redding an, suchte die Anflugtafel, LOC/DME BC RWY 16, das Funknavigationssystem für Instrumentenlandungen, klemmte sie an ihren Steuerknüppel und las sie sich laut vor: »Fliegen Sie auf dem null-vier-vier Radial raus zum Itmor-Luftkreuz, bis dahin behalten Sie eine Flughöhe von sechstausend Pfotenlängen auf dem drei-fünf-sieben Radial von Red Bluff hinaus bis zum Garsa-Luftkreuz bei, von dort einen absteigenden Bogen auf dem Funkfeuer von Redding, um den Landekurssender abzuhören, ab da kreuzen Sie Milar in einer Höhe von viertausendzweihundert Pfotenlängen, kreuzen Eutar in einer Höhe von zweitausend, gehen runter auf die Position für Fehlanflüge in einer Höhe von neun-zwei-null Pfotenlängen, um zu landen.«

Sie nickte. Jetzt fiel es ihr wieder ein. Sie hatte Redding schon einmal angeflogen – nicht der leichteste Anflug der Welt, aber auch nicht der schwierigste.

Viele Meilen vor ihr, flüsternde Düsentriebwerke hinter dem Cockpit, studierte Strobe Frett dasselbe Diagramm. Auf einen Knopfdruck zeigte ihm sein Positionssystem die Route, der er zu folgen hatte, hob in Leuchtfarbe Kurse und Höhen auf dem Bildschirm hervor. Er berührte eine erleuchtetes Rechteck auf seinem Instrument, und der Autopilot schaltete sich ein, so dass der Frettjet allein anfliegen konnte.

Dann ging er am Garsa-Luftkreuz vorbei in den Sinkflug, Oakland Center übergab ihn: »MusTel zwei-null, nehmen Sie Kontakt mit dem Redding Tower auf, der den Landekurssender abhört. Einen schönen guten Morgen.«

Jedes Mal, wenn ein Fluglotse sie aussprach, fragte sich Strobe, wozu diese vier Wörter? Jeder ist für seinen eigenen Morgen verantwortlich, warum sollten wir einen schlechten haben? Doch diese Sekunden, die für dieselben Wörter immer und immer wieder verwendet wurden, ergaben am Ende eine erkleckliche Summe. Bis zum Sonnenaufgang dauert es noch lange, lautete seine Schlussfolgerung. Der Fluglotse ist halt einsam.

Während der Frettjet sanft über dem Anflugbogen einschwenkte, entspannte sich Strobe, den mitternachtsblauen Schal mit den goldenen Streifen um den Hals. Er überwachte den Autopiloten, als er den letzten Anflugkurs empfing. Er dachte an das bevorstehende Wochenende, an vier Jungtiere, die begierig waren, im Doppeldecker zu fliegen. Natürlich würden sie ihn zuerst putzen müssen, und sie müssten die Namen aller Einzelteile auswendig lernen.

Im Bruchteil einer Sekunde kehrte die Welt wieder zurück, als MusTel 20 die unteren Wolkenschichten durchbrach und die Lichter der Landebahn in Zweierreihen vor ihm auftauchten.

Sobald Strobe den Steuerknüppel berührte, schaltete sich der Autopilot aus. Er zog die Nase des Jets ganz leicht nach oben. Während er sank, setzten die Räder des Hauptfahrwerks quietschend auf der regennassen Landepiste auf. Er brachte das Bugrad ein paar Sekunden später nach unten und zog die Schubhebel in den Umkehrschub.

»MusTel zwei-null, bei der nächsten Kreuzung rechts abbiegen«, sagte der Frettchenfluglotse im Turm. »Nennen Sie Ihr Ziel auf dem Flughafen.«

»Transitaufenthalt. Ich bin nur für eine Stunde hier.«

»Roger, zwei-null. Rollen Sie in die kurzzeitige Parkposition, bleiben Sie auf dieser Frequenz.«

»Zwei-null, Roger«, sagte Strobe. »Hat May's Flughafenimbiss geöffnet?«

»Vierundzwanzig Stunden, Captain.«

Nachdem er auf der Parkrampe angehalten hatte, stellte der Chefpilot von MusTelCo die Schubhebel des Frettjets auf *Aus*, und lauschte der Musik seiner Maschinen, die flüsternd zum Stillstand kamen.

Unter dem Trommeln des Regens auf Windschutzscheibe und Rumpf schaltete er die restlichen Instrumente ab und füllte die Felder im Fluglogbuch aus. Dann nahm er die Kopfhörer und den mitternachtsblauen Schal mit den goldenen Streifen ab, stand auf und setzte sich eine Mütze aus altem rotem Cordsamt auf den Kopf und ließ die Ohrenklappen runter, um sich gegen den Regen draußen zu schützen.

Neben dem Ausgang drückte er auf den Knopf *Tür öffnen*, stapfte die Treppen hinunter, drehte sich um, sobald seine Pfoten den Boden berührten, und schob den Hebel *Tür schließen* nach oben.

Den goldenen Hubschrauber, der über seiner Schulter schwebte, als er zu May's Flughafenimbiss ging, bemerkte er nicht. Auch Gnats leisen Funkspruch über die FE-Frequenz hörte er nicht, als er die Imbissstube betrat: »Gänseschnabel ist im Vogelkäfig, Gänseschnabel ist im Käfig ...«

In diesem Augenblick durchbrach die Nase des Luftfrachters der Luftfrett-AG die unteren Wolkenschichten, und vor ihm lagen dieselben geduldigen Landelichter.

Stormy prüfte die drei grünen Lichter noch einmal, das Fahrwerk war ausgefahren und gesichert. Was für ein Flug, dachte sie. Gute Entscheidung. Um diese Zeit wird Bella im Hangar arbeiten; sie kann die Antenne ersetzen und einen Blick auf den Motor Nummer vier werfen, die Fracht sichern. Ich kann noch einen Imbiss bei May's nehmen, und dann ab nach Salinas. Ich werde zwar zu spät kommen, aber immer noch vor dem Morgengrauen.

Eine Sekunde später quietschen die Reifen des Luftfrachters über die glitzernde Landebahn. Eine Dampfwolke, und als sie auf dem Boden aufsetzten, spritzte das Wasser hoch.

Stormy brachte die Nase des Flugzeugs nach unten, stellte den Landeklappenhebel nach oben, und als es langsamer wurde, trat sie auf die Bremsen. Auch die drei Frettchenengel wurden langsamer und schwebten neben ihr ein.

»Luftfrett drei-fünf, biegen Sie an der nächsten Kreuzung nach rechts«, ertönte die Stimme aus dem Tower. »Sie können auf die Kurzparkfläche rollen, bleiben Sie auf dieser Frequenz.« Nach einer kurzen Pause: »Bist du's, Stormy?«

Die Pilotin lächelte und überlegte, dass sie sich zu dieser Stunde nicht so eng an Regeln zu halten brauchte. Sie drückte den Knopf am Mikrofon. »Hi, Bart. Ich rolle zum Hangar der Luftfrett-AG vor, wenn's geht. Ziemlich raues Wetter heute Nacht?«

»Du bist für den Hangar der Luftfrett-AG freigegeben, Stormy«, sagte er. »Ziemlich rau? Oh, ja! Ohne unsere Abschirmung hätten wir das Glas verloren!«

VIER

M+XR

Die drei Frettchenengel schwebten neben dem Flügel des Luftfrachters, blieben noch eine Zeit lang in der Luft, während Stormy auf der Suche nach Bella war, und erörterten ihre Probleme mit der Transportmaschine.

Wie schwierig das war, dachte Baxter. Eigentlich haben nicht wir sie von ihrem Flug in den Süden abbringen können, sondern der eine, in den sie sich unsterblich verlieben wird. Warum setzen Sterbliche ihrem wunderbaren Schicksal nur so viel Widerstand entgegen? Warum konnte ich ihr nicht zuflüstern, sondern musste sie geradezu anschreien? Warum konnte sie mir nicht zuhören?

Er erwartete keine Antwort; er war noch nicht lange Frettchenengel und hatte vergessen, dass das Leben auf dieser Ebene anders war. Hier wurde jede gestellte Frage beantwortet.

»Wir können unseren Sterblichen nur etwas vorschlagen«, hörte er eine innere Stimme, die ihr Wissen aus einem tieferen Quell bezog. »Manchmal lassen sie sich von Scheinbarem ablenken. Manchmal vergessen sie, wie viel Gutes ihnen zustoßen kann, wenn sie auf ihre Eingebung hören.«

Auch ich hab mich ablenken lassen, dachte Baxter. Es ist so leicht, Aufgabe und Ziel zu verwechseln.

»Ihr, die ihr zusammenarbeitet«, fuhr die Stimme fort, »die ihr all eure Kraft zusammengenommen habt, konntet sie nicht zwingen, eine Wahl zu treffen. Doch du hast heute Abend ihre Aufmerksamkeit erregt, und Gnat ist es bei Strobe gelungen. Den Entschluss haben die beiden allein gefällt.«

Baxters Hubschrauber zitterte in der Luft. Woher weiß ich das? Bist du das? Ist mein eigener Schutzengel denn noch bei mir, obwohl ich jetzt selbst ein Engel bin?

»Ich bin bei dir und werde immer bei dir bleiben.« Baxter hörte zu und freute sich über das, was er da vernahm. »Die größten Seelen nehmen die bescheidensten Plätze ein. Du bist ein Frettchenengel, du und deine fliegenden Freunde. Du bist aber auch mehr, unendlich viel mehr. Halte dich an deine eigenen Ideale, Bax, was auch geschehen mag, und sieh zu, wie herrlich es ist, wenn sich dein Leben vor dir ausbreitet!«

»Du wirst mich nie verlassen?«

»Du kannst mich ausschalten. Es steht dir immer frei, ob du zuhören willst oder nicht. Doch die Verbindung mit unserem höchsten Selbst kann niemals abbrechen.«

Zum ersten Mal verstand Baxter, wonach er nie gefragt hatte. Auch du!, dachte er, auch du hast deinen Schutzengel!

Er spürte, dass die innere Stimme schmunzelte. »Auch ich.«

Und dein Schutzengel?

»Auch er hat seinen Lotsen. Wie wir alle. Wir alle sind Lotsen, einer für den anderen, auf tausend verschiedenen Ebenen. So wie wir geführt werden, führen wir die, die uns nahe stehen.«

Aber …

»Bax, hör zu.« Lange blieb es still, und Baxter konnte es kaum erwarten, etwas zu hören. »Was ich für dich bin, bist du für die kleine Willow.«

Baxter hielt die Luft an und verstand. Ich bin Willows *Schutzengel!* Er stellte sich vor, dass sein Frettchenschutzengel neben ihm im Hubschrauber saß: ein herrliches Geschöpf mit liebevollen Augen und einem Fell wie aus reinem, gesponnenem Licht.

Du bist … schön!

»Du auch, lieber Baxter! Hast du's vergessen? Wir werden nicht schön, wenn wir aufwachsen. Wir erkennen, dass wir die ganze Zeit schon schön waren.«

Er blinzelte, und als er wieder hinschaute, war der Engel fort.

»Ich bin nicht weg«, sagte die Stimme in seinem Innern.

Fünf

Bella Frett, kohlschwarze Augen und leinenweißes Fell, nahm eine neue Funkantenne in die Pfote und schob einen Gabelstapler an den Luftfrachter.

»Sag mal, Captain«, rief sie Stormy im Frachtraum zu, wo die Pilotin einen Container neu befestigte, der aus den Verankerungen gerissen war, »was sagt ein Albinofrettchen, wenn man ihm ins Ohr bläst?«

Stormy hielt inne, beugte sich aus der Tür des Frachtraums und lächelte. »Keine Ahnung, Bella. Und was sagt ein Albinofrettchen, wenn man ihm ins Ohr bläst?«

»Danke fürs Auftanken!«

Stormy lachte. »Oh, Bella! Ob dir jemals die dummen Albino-Witze ausgehen?«

»Das bezweifle ich, Captain. Ich hab *Albino* nicht mal buchstabieren gekonnt, und jetzt bin ich eins!«

Nachdem die Fracht gesichert war und Bella daran arbeitete, die Funkantenne zu ersetzen, kletterte Stormy die Leiter hinunter und ging mit Mütze und Schal bekleidet durch den Regen zu May's Flughafenimbiss, drei kleine Hubschrauber im Schlepptau.

Zwischen dem Hangar und dem Imbiss war ein schnittiger Frettjet abgestellt, der königsblau und weiß im Rampenlicht funkelte, *MusTelCo* stand in Goldbuchstaben auf dem senkrechten Leitwerk. Die Farbe an der Vorderkante von Flügeln und Schwanz war abgeblättert, als wäre sie gesandstrahlt worden. In der Maschine war ein Mechaniker tätig, dessen Nase und Barthaare im Raum hinter der Heckkabine verschwanden.

Das alles wieder neu zu streichen, wird eine Stange Geld kosten, dachte sie und lächelte. Was für ein Leben musste Stilton Frett führen!

Dennoch war sie an diesem Abend auch froh, nicht das reichste Frettchen der Welt zu sein. Nachdem sie in ihrem Flugzeug gegen Wetter und Flugpläne angekämpft hatte, war sie viel glücklicher, als sie es je als hilfloser, von den Turbulenzen des Geschäftslebens gebeutelter Firmenchef hätte sein können.

Sie fragte sich, wo der Pilot wohl sein mochte, der ihren Rat beherzigt und seinen Flug nicht fortgesetzt hatte. Dessen Rat sie wiederum befolgt und ihren Flug nicht fortgesetzt hatte.

»*Nicht hier*«, flüsterte Baxter, der sie schnellstens weiterführen wollte. Aber ich kann ja nur vorschlagen.

Wahrscheinlich mit der Limousine zu seiner Suite gefahren, vermutete sie.

Nicht einmal sich selbst gegenüber wollte Stormy Müdigkeit eingestehen, denn ihr Flug war noch nicht beendet. Sie stieg die drei Stufen zu May's Imbiss hoch, das Fell voller Regentropfen, die wie Diamanten funkelten.

Der Imbiss war leer, nur May saß in der hintersten Ecke, ein wuscheliger Ball aus beigefarbenem Fell. Sie sprach mit einem schäbig aussehenden Frettchen, das eine ebenso schäbige Mütze aufhatte.

Die Besitzerin schaute auf, als die Glocke über der Tür läutete.

»Gesegnet sei mein Bau!«, rief sie. »Wenn das nicht Miss Stormy Frett höchstpersönlich ist!«

Die drei goldenen Drehflügler am Rande einer gemeinsamen Dimension, die hinter Stormy zur Tür hereinschwirrten und einer nach dem anderen neben Gnats Hubschrauber auf dem Tisch landeten, bemerkte sie nicht.

Stormy lächelte und umarmte ihre alte Freundin. »May! Was machst du hier vor dem Morgengrauen? Hat feine Restaurants in jedem Flughafen und kann es sich nicht leisten, zu schlafen?«

Das rundliche Frettchen lachte. »Ich wusste, dass du heute Abend in Redding sein würdest, meine Kleine. Deshalb bin ich runtergelaufen, um dir Frühstück zu machen!«

»O May, ich wusste doch selbst nicht, dass ich hier landen würde, bis Mr Stilton Frett da draußen vorschlug, ich könnte ein wenig Lack sparen, wenn ich kurz landen würde. Kannst du dir so einen Sturm vorstellen, einen verheerenden Sturm über Sacramento? Zum ersten Mal lande ich aus witterungsbedingten Gründen! Zum allerersten Mal!«

Stormy nickte dem Tier in der Ecke kurz zu. Vor ihm standen ein Becher heiße Schokolade und ein Teller Toast mit Gewürzgurken. Er nickte zurück.

Das Frettchen selbst war gar nicht schäbig, fiel ihr auf,

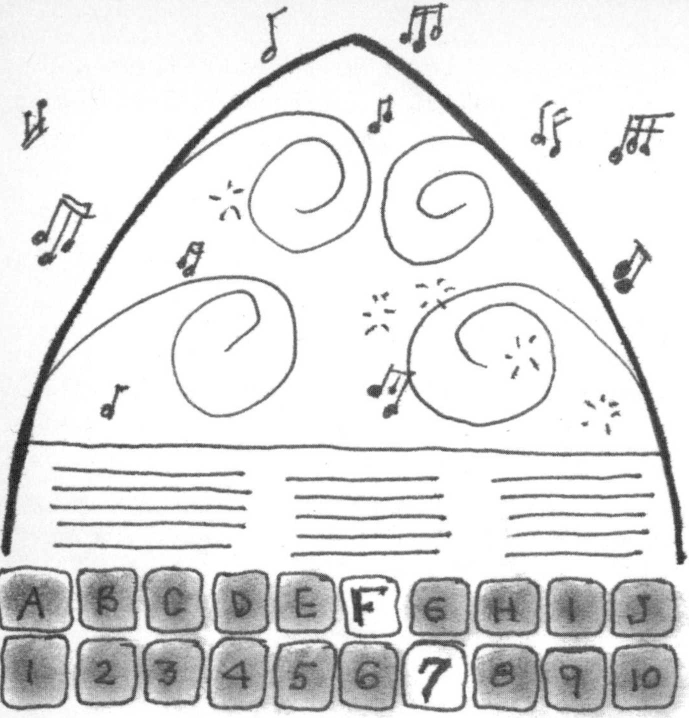

F-6: WILDES FRETTCHEN
-ZSA-ZSA UND DIE ATOMIC FRETTEN
F-7: WENN ICH NUR FLIEGEN KÖNNT

sondern nur seine Mütze. Ausgefranste, aus Flicken zusammengenähte und vom Regen durchnässte Ohrenklappen hingen herunter. Das Geschöpf selbst, walnussfarbenes Fell, war nicht unattraktiv.

Sie lächelte. »Hübsche Mütze«, sagte sie.

»Meine Güte«, rief May. »Stormy, kennst du dieses Frettchen etwa nicht? Stormy, das ist Strobe; Strobe, vor dir steht Stormy. Ich kann's kaum glauben, dass ihr euch nicht kennt!« Sie wischte sich die Pfoten an der Schürze ab. »Was kann ich für dich tun, Kleines? Das Übliche?«

So, so – Strobe heißt er also. »Danke, May«, sagte sie. »Ich möchte nur einen Happen essen, ich fliege wieder los, wenn das Wetter abgezogen ist.«

Die Besitzerin eilte geschäftig davon, ein verstecktes Lächeln auf den Lippen. Sie war fest entschlossen, sich mit der Bestellung Zeit zu lassen. Gesegnet sei mein Bau. Wer hätte gedacht, dass die beiden sich noch nicht kannten?

Das andere Frettchen erhob sich. »Wollen Sie mir nicht Gesellschaft leisten, Miss Stormy?«

»Mein richtiger Name ist Janine. Weil ich weiß, woher der Wind weht, deshalb nennt man mich Stormy. Erzählen Sie mir, was es mit Ihrer Mütze auf sich hat.«

»Gern.« Liegt es an den Regentropfendiamanten, dachte Strobe, oder an ihrem dramatischen Auftauchen aus der Nacht ... was geht von ihr aus? Zuversicht? Wissen? Sie strahlt heitere Gelassenheit aus. Damit ließ er es bewenden und musste sich eingestehen, dass er das schönste Tier vor sich hatte, dem er je begegnet war.

Er fing sich wieder, denn er wollte sie nicht angaffen.

Unter Druck rasch denken zu können, lag ihm im Blut. Er warf einen Blick auf die Musikbox neben dem Tisch, notierte etwas auf eine Serviette und drehte sie um. Er warf eine Münze in den Apparat. »Wählen Sie«, sagte er.

»Oh, vielen Dank.« Sie musste nicht lange suchen, um ihren Lieblingstitel zu finden. Sie drückte auf F und 7. »Das Lied gefällt mir.«

In dem Augenblick, als die Musik einsetzte, drehte Strobe die Serviette um. F-7 stand darauf.

Stormy blickte auf. Sie hielt den Atem an.

Strobe blieb vor Staunen der Mund offen stehen; er konnte an seine erstaunlichen Kräfte selbst nicht glauben. »Aha, die Atomic Fretten!«, sagte er, »mit ›Wenn ich nur fliegen könnt‹.« Dann lächelte er plötzlich verlegen und gab das Geheimnis preis. »Was sonst hätten Sie wohl wählen sollen?«

Stormy war bezaubert und wusste nicht, was sie sagen sollte. Es war eine schöne Ballade, die Chloe Frett mit tiefer, vibrierender Stimme sang; Zsa-Zsa und Misty als Backgroundsängerinnen. »Federn statt Fell«, summte sie mit, »Flügel, die mir aus den Schultern wachsen …« Es musste ihm auch gefallen.

Strobe überlegte, ob er ihr erzählen sollte, dass sein Freund Boa von der Frettchenrettungsgesellschaft Chloe kannte, ziemlich gut sogar. Dann dachte er, dass er Stormy vielleicht fragen könnte, ob sie gehört hatte, dass Menschen sich bei achtzig Prozent ihrer Studio-Aufnahmen von Frettchenmusikern begleiten ließen. Doch er schwieg und betrachtete ihre Augen.

»Die Mütze haben Sie schon eine ganze Weile«, gab sie ihm das Stichwort.

»Oh!« Ihre Worte erwischten ihn auf dem falschen Fuß. Er nahm die Mütze ab, schaute sie prüfend an, als sähe er sie zum ersten Mal, und legte sie auf den Sitz neben sich. »Eigentlich ist es meine zweite Mütze. Die erste musste ich in den Ruhestand schicken. Sie hatte ein paar Stunden zu viel auf dem Buckel.«

Interessiert hob Stormy die Augenbrauen. Nur Piloten sprechen davon, dass Dinge Stunden auf dem Buckel haben.

»Sie fliegen, stimmt's?«

Er nickte. »Ein wenig. Sie vermutlich auch.«

»Luftfrachter. Für die Luftfrett-AG.«

»Sie sind also die Frachtmaus!«, sagte er, ohne nachzudenken, was sonst nicht seine Art war. Es ist ein respektvoller Ausdruck, verteidigte er sich verärgert, sie weiß, dass ich es auch so meine. »Das ist Arbeit für Abenteurer. Ich hatte auch den Mut dazu. Schon lange her.«

Sie mochte seine Art. »Wo sind Sie geflogen?«

»Ostküste vor allem. Rochester – Albany – New Haven. Allentown – Pittsburgh – Chicago …«

»… Cleveland – Eric – Rochester?«, fragte sie.

»Genau.«

Das schlimmste Wetter auf der Welt. »Ich ziehe den Hut vor Ihnen, Mr. Strobe.«

»Oh, danke. Ich könnte einen gebrauchen.«

Sie lachten.

Die vier Frettchenengel hatten sich ihre Maschinen abgeschnallt und fielen sich glückselig in die Arme.

May brachte Stormys Bestellung, warmes Frettchenfutter und Schmelzwasser. »Für dich, meine Kleine. Das wird dir schmecken.«

Das Wasserglas landete gefährlich nah an Baxters Drehflügler, und er schob ihn aus dem Weg. Die anderen Engel sahen lächelnd zu. Alte Gewohnheiten legt man nur schlecht ab.

Stormy schaute zu ihrer Freundin auf. »Danke, May.«

»Wie ich sehe, achten Sie auf Ihre Gesundheit«, sagte Strobe.

»Ich wünschte, das würden Sie auch, denn Toast und Gewürzgurken sind nicht grade sehr nahrhaft, oder?«

Er schob ihr seinen Teller hin. »Wollen Sie 'nen Bissen?«

»Nein danke. Hinter den Glockenbällen hab ich dreißig Kisten Frettchenfutter für Salinas an Bord.« Sie lächelte ihm zu. »Ich glaube an meine Fracht.«

Die Frettchenengel tauschten viel sagende Blicke. »Operation Mitternachtsimbiss erfolgreich zu Ende geführt«, sagte Gnat. »Sie werden sich verlieben.« Er gähnte und reckte sich. »Glückwunsch, Nimble. Großartige Arbeit, Prestor. Und du, Baxter, hast bei deinem ersten Auswärtseinsatz auch gute Arbeit geleistet. Sehr gute Arbeit.«

»Wie wär's mit Pfirsichen?«, fragte Strobe. Es musste einen Weg geben, sie wieder zu treffen.

»Pfirsiche?«

»Haben Sie jemals einen Sultana-Pfirsich probiert?« Ich könnte ewig mit ihr weiterreden, wenn sie nur nicht schon wieder auf dem Abflug wäre.

»Nein, noch nicht. Was ist denn ein Sultana-Pfirsich?«

»Ein Freund von mir hat Obstplantagen, nicht weit von Medford. Sultanas … tja, ich kann sie nicht so richtig beschreiben. Sie schmecken … es sind feste, süße, saftige Wolken.«

Verblüfft schaute sie ihn an. Seine Sprache gefiel ihr ausgesprochen gut. Wie schön wäre es, ihn näher kennen zu lernen, dachte sie, wenn er nicht nur den Sturm abwarten würde, um dann weiterzufliegen. »Und?«, fragte sie.

»Na ja, nahrhaft, natürlich! Stormy, es heißt, ein Sultana hätte mehr Vitamine als ein Dutzend Orangen!«

»Das klingt gut«, sagte sie. »Ich würde gern irgendwann einmal einen davon probieren. Eine feste, süße, saftige Wolke …«

»Na dann«, meinte Gnat. »Sehr schön. Gänseschnabel kehrt zur Basis zurück.«

Nimble und Prestor waren damit einverstanden. Die drei kletterten hinter die Instrumente ihrer Hubschrauber, die Rotoren begannen sich zu drehen.

»Ich bleib noch eine Weile«, sagte Baxter. »Kann sein, dass Stormy Hilfe braucht.«

Prestor lächelte. »Die hatte heute Abend Hilfe bis zum Abwinken. Sie fliegt nach Süden, er fliegt nach Norden, Baxter, doch die beiden werden auf dem Heimweg unentwegt aneinander denken. Stormy wird dir keine gute Zuhörerin sein.«

»Macht nichts«, erwiderte der neueste Engel. »Ich werde auf jeden Fall mit ihr fliegen.«

Stormy warf einen Blick aus dem vom Regen nassen Fenster in die Dunkelheit. Das Wetter war durch Redding hindurchgezogen und würde auch die Flugroute bald hinter sich lassen. Sie wollte noch paar Minuten abwarten.

»Was fliegen Sie denn jetzt, Strobe?«

Er zuckte mit den Schultern. »Segelflugzeuge. Und ich hab einen kleinen Doppeldecker.«

Auf der Stelle wurde er noch attraktiver für sie. Segelflugzeuge? Er fliegt auch in seiner Freizeit! Sie riss die Augen auf und betrachtete ihn eingehend. »Ach ja? Und was für ein Doppeldecker ist das?«

Die drei Frettchenengel erhoben sich in die Luft. Baxter blieb noch auf der Tischplatte vor seiner Maschine, beobachtete Stormy und lauschte der Unterhaltung.

»Eine Agrarkiste«, antwortete Strobe.

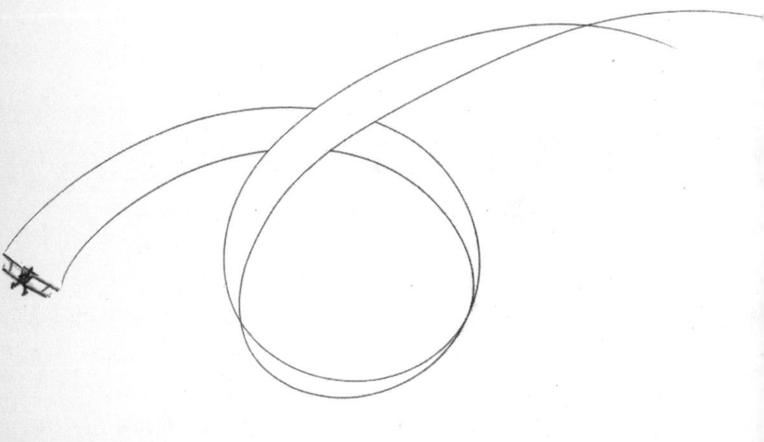

»Sie sind Agrarpilot? Samen und Pflanzendünger, unter Telefondrähten hindurchfliegen?«

»Nein. So eine Art Fracht-Begleitung. Daran hab ich unten im Süden meinen Teil geleistet, bis ich keinen Nerv mehr hatte. Wieder einmal.« Er trank einen Schluck Schokolade. »Ich fand eine alte Agrar-Kiste und hab sie zu einem Zweisitzer umgebaut. Ich fliege mit Jungtieren darin, so oft ich kann. Es sind ihre ersten Flüge. Sie können sich den Ausdruck auf ihren kleinen Gesichtern nicht vorstellen ... sie wissen nicht, dass man sie aus dem hinteren Cockpit beobachten kann. Sie schauen sich in der Luft um, als wären sie plötzlich in den Himmel gekommen.« Auf einmal hatte er das Gefühl, zu viel gesagt zu haben, und rückte Teller und Becher zurecht. »Mir gefällt's.«

»Hab ich Sie richtig verstanden«, fragte Stormy, »Sie haben den Samenbehälter entfernt und ein vorderes Cockpit in einen Agrar-Doppeldecker eingebaut, und Sie nehmen Jungtiere auf Flüge mit? Das ist es, was Sie glücklich macht?«

»Machen Sie es nicht schlecht, bevor Sie es versucht haben, Ma'am.« Wieso gefällt es ihr nicht, Jungtiere mit auf Flüge zu nehmen? »Für so manche von ihnen ist das Leben danach ein anderes. Sie machen weiter, lernen zu fliegen ...«

Sie schob ihre Pfote näher an die seine, ohne sie zu berühren. »Strobe, ich mache in meinem Wasserflugzeug genau dasselbe. Eine Zeit lang fahren wir als Boot über das Wasser, dann lasse ich die Jungtiere den Gashebel nach vorn schieben, und wir heben ab in den Himmel! Das ist aufregend, und es gefällt ihnen.«

Er räusperte sich. »Ach, was Sie nicht sagen ...« War das möglich? Sie fliegt, weil es ihr Spaß macht, sie fliegt zusammen mit Jungtieren, und obendrein ist sie auch noch so ... unglaublich ... schön?

»Ich freue mich, Sie kennen gelernt zu haben, Strobe.«

Die Art und Weise, wie sie das sagte, öffnete ihm eine verborgene Tür und fegte jede mögliche Antwort aus seinem Kopf.

Stormy änderte den Tonfall, ließ diese innere Tür aber offen stehen. »Und was führt Sie zu dieser Stunde nach Redding? Sie fliegen doch nicht im Dunkeln mit einer Agrar-Kiste?«

»Nein«, sagte er und kam wieder zu sich. Ihre Pfote hatte die seine beinahe berührt. »Heute Abend fliege ich eine andere Maschine.«

»Ach ja?«

Er zeigte aus dem Fenster.

Unter den Lampen an der Rampe stand als einziges Flugzeug der glänzende Frettjet.

»Ach du liebe Zeit«, sagte sie und schwieg eine Weile. »Sie sind MusTel zwei-null.«

Am liebsten wäre Stormy im Erdboden versunken. Wie hatte sie so dumm sein können? Sie fliegen, stimmt's?, hatte sie ihn gefragt, ihn, einen firmeneigenen Jetpiloten, der vermutlich mehr Logbücher aufzuweisen hatte als sie Flugstunden.

Er nickte. »Vielen Dank für die Wetterwarnung, Stormy.«

»Verzeihen Sie meine Frage von vorhin, Strobe ...«

»Macht nichts. Die Mütze gehört nicht zu denen, die Stilton Frett seinen Piloten empfiehlt.«

»Aber der Frettjet … Sie fliegen doch über dem Wetter! Was hatten Sie denn da unten bei uns Transportmaschinen mitten im Sturm zu suchen?«

Er zuckte mit den Schultern. »Komische Sache. Ich musste in geringer Höhe fliegen. Von Los Angeles nach Medford fiel kurz nach dem Start das Kabinendrucksystem aus. Das Auslassventil ist offen geblieben, leicht zu reparieren, da bin ich sicher. Doch der Sauerstofftank war fast leer, und ohne Druck …«

»… konnten Sie nicht höher steigen.« Sie schaute ihn nachdenklich an. Dann wären wir uns aber nicht begegnet.

Er lächelte ihr zu. »Ist das nicht merkwürdig? Wären das Auslassventil und der Sturm über Sacramento nicht gewesen, der heftiger als einer über West Pittsburgh war, hätten Sie mir meine Gewürzgurken nicht bezahlen können!«

Sie hob ihr Glas mit dem Schmelzwasser und prostete ihm zu. »Wäre Ihr Sturm nicht gewesen und die eine oder andere Bö über dem Siskiyou Gebirge, würden Sie mir nicht das Frühstück spendieren. Solche Zufälle gefallen mir. Gesundes Frettchenfutter, das mich nichts kostet!«

Die eine oder andere Bö!, dachte Baxter entrüstet.

Strobe fragte, ohne die Stimme zu heben: »May? Du hast nicht zufällig einen Sultana-Pfirsich für uns?«

Sie antwortete aus der Küchendurchreiche, in der ihre Nase und die Barthaare auftauchten, wo man sie zuvor nicht gesehen hatte. »Die würden auf der Speisekarte stehen, wenn ich ein Gourmet-Restaurant wäre, Captain Strobe. May's Flughafenimbisse sind für euch hungrige Piloten, für euer gutes, gesundes Flughafenfutter ohne Schnickschnack.«

»Verdienst du denn keinen Schnickschnack, May? Wenn ich eine Kiste Sultanas organisieren könnte ...?«

»Du hast grade deinen Proviant spendiert bekommen, und auch den für deinen Gast.«

»Danke, May«, sagte er.

»Danke, May«, sagte Stormy und fügte leise hinzu, »danke, Strobe.«

Er brachte kaum ein Wort heraus. »Gern geschehn«, sagte er schließlich. »Und wie sind Sie zum Fliegen gekommen, Stormy?« Er musste es wissen.

Sie betrachtete ihn und überlegte, ob sie die oberflächlichste Antwort geben sollte – ich fühlte mich auf der Erde unsicher –, entschied sich aber dagegen.

»Als Kind hatte ich Träume«, erzählte sie ihm. »Ich stand oben auf einem hohen, mit Gras bewachsenen Hügel, dann lief ich so schnell ich konnte, streckte die Pfoten in den Wind und flog. Es war herrlich, Strobe, auf die Weiden und die Blumen herabzuschauen.«

Er schloss die Augen. »Als Sie dann fliegen lernten, waren Sie enttäuscht, nicht wahr? Wünschten sich, Sie brauchten das Flugzeug nicht, weil das Cockpit so ... automatisch war ...«

»Ja, genau! Bis nach tausend Stunden das Automatische ...« Sie suchte nach Worten. Wie soll ich's ihm sagen?

»Sich auflöst.«

Sie schaute zu ihm auf. »Sich auflöst.«

»Und dann sind Sie selbst in der Luft.«

»Sie haben das auch geträumt, stimmt's? Als Jungtier. Den Hügel?«

Er nickte. Er hatte es noch niemandem erzählt. »Seither suche ich danach. Ich lief den Abhang hinunter …«

Sie wandte sich ab und schaute aus dem Fenster. »… und Sie flogen …«

Dann trat eine Stille ein, die so tief und angenehm war, als wären sie mit einem Mal alte Freunde.

Schließlich sagte sie: »Ich bin froh, dass wir uns kennen gelernt haben, Strobe.«

Er nickte.

Draußen hatte es aufgehört zu regnen.

Stormy hielt den Atem an. Die Zeit!

»Ich muss weg.« Sie nahm ihren Schal und ihre Mütze. »Ich muss einen Flugplan einhalten und mich auf den Weg machen. Sie kennen das Wetter in Salinas – Nebel bei Sonnenaufgang.«

»Das Frettchenfutter«, sagte Strobe.

Sie erhob sich und lächelte. »Es ist gesund.«

»Glockenbälle in stürmischem Wetter. Klingt, als wäre Nikolaus Frett unterwegs!«

Belustigt schaute sie auf ihn herab. »Woher wollen Sie das wissen?«

»Allentown bis Pittsburgh.«

Sie lachte, wollte den neuen Freund umarmen, ihn festhalten, ihm sagen, er sei der Einzige, den sie je kennen gelernt hatte … Stattdessen reichte sie ihm die Pfote. »War mir ein Vergnügen, Sie kennen gelernt zu haben, Captain Strobe. Ich hoffe, wir sehen uns mal wieder.«

»Bei besserem Wetter.« Er stand auf, nahm ihre Pfote in die seine und hielt sie länger, als es bei Frettchen üblich war.

Die beiden bedankten sich noch einmal bei May, verabschiedeten sich von ihr, verließen gemeinsam die Imbissstube, wobei Baxters Hubschrauber aus der Tür schoss, kurz bevor sie zufiel. Über ihnen teilten sich die Wolken, und Sterne lugten hervor.

Hinter ihnen ertönte Mays Stimme: »Captain Strobe! Deine Mütze!«

Er drehte sich um, nahm das schäbige Ding wieder an sich und setzte es auf, ohne sich die Mühe zu geben, die Ohrenklappen glatt zu ziehen, damit sie richtig saßen. Schweigend gingen sie nebeneinander her und blieben dann am Frettjet stehen. »Haben Sie noch kurz Zeit?«, fragte er. »Wollen Sie einen Blick ins Cockpit werfen?«

»Das würde ich gern irgendwann einmal. Jetzt muss ich mich aber beeilen.«

»Auf Wiedersehen, Stormy.«

Sie machte sich auf den Weg zum Hangar der Luftfrett-AG, drehte sich kurz darauf zu ihm um, ging rückwärts weiter und lachte. »Captain Strobe, Ihre Mütze! Unvergesslich!«

Er strich die verknitterten Ohrenklappen glatt, obgleich er wusste, es würde nichts nützen. »Dann vergiss es auch nicht, Janine! Einen guten Flug …«

Sie winkte ihm zu und verschwand Richtung Hangar. Er sah ihr noch lange nach.

Sie nimmt Jungtiere auf Flüge mit. In ihrem Wasserflugzeug.

Er blieb in Kälte und Dunkelheit stehen.

Wen hab ich gerade kennen gelernt?

SECHS

Die Antenne war ersetzt, die Zündkerzen im vierten Motor ausgewechselt.

»Auf den ersten Blick ist alles in Ordnung«, sagte Bella der Pilotin, »doch mit deiner Erlaubnis, Captain, würde ich mir die Magnete gern mal ansehen. Könnte auch was Schlimmeres sein. Ein Nockenring zum Beispiel …«

»Ich muss sehen, dass ich vom Boden komme, Bella. Ich bin sicher, sie läuft gut.«

»Na ja, du hast ja da draußen noch drei andere große Ventilatoren, die dir Kühlung verschaffen«, erwiderte die Mechanikerin fröhlich. »Oh, Stormy, apropos … Was ist der Unterschied zwischen einem Albinofrettchen und einem Deckenventilator?«

Beim Start, keine hundert Pfotenlängen vom Boden entfernt, hatte der vierte Motor eine Fehlzündung, und ein Funkenregen ergoss sich in die Nacht. Stormy warf einen raschen Blick nach rechts, prüfte die Temperaturen und den jeweiligen Druck, kurz bevor der Luftfrachter in den Wolken verschwand.

Erholt von ihrem Aufenthalt in Redding, gab sie der

Mechanikerin Recht: Sollte sie einen Motor abstellen müssen, hätte sie noch drei, mit denen sie weiterfliegen konnte. Und bis Salinas war es nicht mehr so weit.

Ein Deckenventilator dreht sich im Uhrzeigersinn. Sie lächelte und war dabei so glücklich, dass sie Baxter hätte sehen können, der neben ihrer Flügelspitze flog, wenn sie nur hingeschaut hätte.

Noch vor dem Morgengrauen war sie fast in Salinas, müde wie ein Dachs. Die Erholung war dahin, da sie den letzten Rest des Sturms mit der Pfote geflogen war.

»Luftfrett drei-fünf, hier spricht Monterey Anflugkontrolle, wir haben Sie auf dem Radarschirm. Fliegen Sie Steuerkurs zwei-sechs-null der Kursanweisung auf Salinas eins-null-sieben Grad Radial. Bitte bestätigen, dass Sie Information Bravo haben.«

Der empfangene Wetterbericht klang noch in ihren Kopfhörern nach. »Flughafen Salinas, Information Bravo an Frettchenflugzeug: windstill, unbestimmte Wolkendecke in zweihundert Pfotenlängen, Höhe zwei-neun-null-fünf, Rollbahn drei-eins, Sichtweite eintausendachthundert Pfotenlängen.«

Das dürfte interessant werden, dachte Baxter und flog nahe genug heran, um die Pilotin durch das Cockpitfenster beobachten zu können. Einen Anflug unter Mindestbedingungen hab ich noch nie erlebt.

»Wir haben Bravo«, sagte Stormy. »Wir fliegen in einer Höhe von fünftausendfünf.«

»Frett drei-fünf, Sie sind für die Landepiste drei-eins nach Instrumentenlandesystem im Anflug auf Salinas freigegeben, bleiben Sie auf einer Höhe von fünftausendfünfhundert Pfotenlängen, derzeitiger Flugkurs eins-null-sieben Grad Radial nach Salinas, Flugkurs eins-neun-sieben Grad zum Empfang des Landekurssenders, nehmen Sie am Sichtzeichen Verbindung mit dem Tower in Salinas auf.«

Wahrscheinlich schließen sie in Monterey Wetten ab, dachte Stormy, dass sie sich bald wieder melden würde, um nach einem Fehlanflug auf einen anderen Flughafen ausweichen zu müssen.

Das kommt nicht in Frage. Ein Bild schoss ihr durch den Kopf: ein unschuldiges Jungtier greift an diesem Morgen nach Toast und Gewürzgurken statt nach richtigem Frettchenfutter. Auch wenn Salinas knappe Mindestsichtweite hatte, würde sie landen, das schwor sie sich. Dann lächelte sie. Toast und Gewürzgurken.

In diesem Augenblick stotterte der vierte Motor, dann noch einmal. Schließlich explodierte er.

Als die Pilotin sich verblüfft umdrehte, sah sie einen Funkenregen, Flammen schlugen aus der Motorhaube, eine riesige Fackel direkt über dem Flügel, den Bruchteil einer Pfotenlänge vom Treibstofftank des Luftfrachters entfernt. Am vierten Feuerlöschhebel über ihr ging das Licht an und blinkte rot und weiß, heiser schrillte die Alarmglocke im Cockpit.

Ohne ein Wort zu verlieren oder auch nur eine Miene zu verziehen, stellte Stormy Frett die Treibstoffversorgung für den vierten Motor ab, den Propellerschalter auf Gleitflug, zog den Feuerlöschhebel, unterbrach die Treibstoffmischung mit einem leichten Schlag auf den Hebel und stellte den Magnetzünder auf *Aus*.

Die Flammen verschwanden in einer dichten Wolke aus leuchtend rotem Pulver aus dem Feuerlöscher, die Explosionsgeräusche ließen nach; zurückblieb das gleichmäßige Dröhnen der Reisegeschwindigkeit, leiser als zuvor; die Propellerblätter des vierten Motors wurden langsamer und blieben schließlich stehen, die Kanten in den Wind gestellt, starr und ruhig im Schein des Vereisungslichts auf der rechten Seite. Schwarzes Öl lief aus der Haube des vierten Motors und wurde vom Wind verweht.

Die Geschwindigkeit ließ nach, und die Pilotin fuhr die verbleibenden drei Maschinen hoch, um die Transportmaschine in der Luft zu halten.

Stormy schüttelte den Kopf. Fast geschafft, dachte sie, nicht ganz. Sie merkte nicht, dass sie zitterte. In der Luft war keine Zeit, sich zu fürchten, wenn Handeln angesagt war. Das hatte sie gelernt, und wenn man dann gehandelt hatte, war keine Angst mehr nötig.

Draußen schoss Baxters Hubschrauber zum abgeschalteten Motor. Im Innern waren Verbindungskabel gerissen, er konnte nicht sagen, wie viele, Kolben schoben sich aus Zylindern fast bis durch die Motorhaube.

Er rotierte vor Entsetzen. Warum passierte so was? Ein solches Versagen hatte er nicht veranlasst. Stormy hatte ihre schicksalhafte Begegnung gehabt, war nach Redding ausgewichen und hatte Strobe gefunden, den sie sonst verpasst hätte. Sie brauchte nicht noch eine Prüfung.

Stormy schwenkte den Luftfrachter auf den neuen Kurs ein, zog eine sanfte Rechtskurve, während ihre Transportmaschine den endgültigen Anflugkurs fand. Dann ließ sie alle anderen Gedanken beiseite und konzentrierte sich auf das eine Ziel: in dieser Nacht den perfekten Instrumentenanflug zu fliegen.

Kurz darauf sah sie, wie die Nadel aus dem oberen Bereich des Navigationssichtgeräts ins Zentrum rückte und die Mittellinie glatt hielt. Es dauerte nicht lange, und auf dem Instrument leuchtete blaues Licht auf: das äußere Sichtzeichen von Salinas. Sie drückte ihren Anflugzeitmesser auf Start, verglich ihre Flughöhe mit der Zahl auf der Anflugtafel, stellte den Landeklappenhebel um ein Drittel nach unten und drückte den Fahrgestellhebel ganz nach unten.

Nichts passierte, ein leeres Klicken im Hebel. Klar, dachte sie. Der vierte Motor hat die Hydraulikpumpe des Flugzeugs angetrieben. Kein Motor, kein hydraulischer Druck. Sie musste die Räder per Pfote mit Hilfe des Reservesystems nach unten pumpen.

Der erste Anflug muss klappen, dachte sie. War das Fahrgestell erst einmal vom Notsystem ausgefahren, konnte es nicht wieder eingefahren werden.

Sie stellte den Hydraulikwähler des Fahrgestells auf Reserve, zog den Hydrauliknotgriff und pumpte gleichmäßig mit der rechten Pfote, hielt den Kurs und die Flughöhe auf dem Instrumentenlandesystem mit der Linken.

Nachdem sie siebzigmal gepumpt hatte, löste sich die Fahrgestellverriegelung, und das Fahrgestell fuhr aus. Unter der Maschine knatterte die Luft, Wirbelwinde umwehten die

Klappen, als sie sich öffneten, die Räder fuhren schwer heraus, eins nach dem anderen, und rasteten dumpf ein.

»Salinas Tower«, keuchte sie, »Frett drei-fünf ist das Sichtzeichen auf dem ILS.«

Zu ihrer Rechten leuchteten drei grüne Lichter auf. Das Fahrgestell ist ausgefahren und gesichert, dachte sie, zu erschöpft, es laut auszusprechen.

Die Pilotin wusste, dass sie einen Notfall ankündigen müsste. In diesem Fall würde der Kontrollturm die Feuerwehr alarmieren und eine Sonderbehandlung für ein Flugzeug der Luftfrett-AG in Gang setzen.

Ich brauche keine Sonderbehandlung, erklärte sie, ich komme allein zurecht.

Es war ein Fehler, dem Tower nicht zu sagen, dass ihr Flugzeug in Schwierigkeiten war. Sollte ihr der Anflug misslingen, würde sie allein im Dunkeln bruchlanden.

Mit vollem Frachtraum, nur drei intakten Motoren, Fahrgestell und Landeklappen ausgefahren, war der Luftfrachter nicht in der Lage, durchzustarten. Der Landeanflug würde ihr also nicht misslingen. Stormys Flug hing am letzten Glied seiner Kette.

»Luftfrett drei-fünf, hier spricht Salinas Tower, Sie sind zur Landung freigegeben. Sichtweite auf der Rollbahn beträgt nur noch neunhundert Pfotenlängen.«

Neunhundert Pfotenlängen waren die zulässige Mindestsichtweite für Frettchenflugzeuge.

Stormy drückte auf ihren Mikrofonknopf, um die Meldung zu bestätigen, beschleunigte die drei Maschinen, um den Sinkflug bei fünfhundert Pfotenlängen pro Minute zu halten. Die Gleitflugbahn wurde niedriger, schneller, als sie erwartet hatte. Sie dachte an das Gelände im Nebel unter ihr, Berge, die sich zu beiden Seiten ihres Anflugwegs erhoben.

Bleib auf der Gleitflugbahn, Stormy, bleib auf der Mittellinie!

Sie zog die Gashebel zurück, weiter als notwendig, da ein Motor ausgefallen war, und der Luftfrachter sank, bis er auf der Gleitflugbahn war. Sie gab mehr Schubkraft, um den Kurs zu halten.

Baxter war hilflos; er konnte ihr nur Zuversicht vermitteln. »Du bist eine professionelle Pilotin, Stormy. Du hast das schon tausendmal gemacht. Du kannst den Anflug locker schaffen. Ein Kinderspiel.«

»Fünfhundert Pfotenlängen über Mindestwert«, sagte sie laut ins Cockpit hinein. Sie fühlte sich besser, obwohl sie nicht wusste, warum. »Räder sind ausgefahren und gesichert.«

Ihr Leben lag in ihren Pfoten; sie musste ihr Geschick unter Beweis stellen und absolut perfekt anfliegen. Zum ersten Mal in ihrer Laufbahn musste sie landen, ob sie die Landepiste sehen konnte oder nicht.

Landelichter an, draußen dichter Nebel, wie eine Waschküche, hundert Pfotenlängen über dem Mindestwert.

Fünfzig Pfotenlängen.

»Gut, Stormy«, sagte Baxter. »du machst das prima. Du hast dir dieses Leben ausgesucht, du hast dafür geübt. Du bist eine großartige Pilotin.«

Gut, Stormy, sagte sie sich und hielt die ILS-Nadeln fast

im Zentrum, hatte ein beinahe perfektes Kreuz auf ihrem Instrument. Auf der Mittellinie, direkt über der Gleitflugbahn … Sie atmete jetzt gleichmäßig, noch ein wenig Druck auf das Steuer, um die Nadel auf die Gleitflugbahn zu zentrieren. Obwohl ihr Herz raste, war ihr Geist mit dem Flugzeug verschmolzen, im sanften Sinkflug näherten sie sich der Erde.

Baxter wusste, wann es geschah; er spürte es. Der Flughafen von Salinas lag im Nebel. Sichtweite null. Irgendwie musste er einen Tunnel in der Wolke öffnen, damit Stormy etwas sehen und landen konnte. Sie musste sehen!

Die Welt der Sterblichen ist eine Welt der Phantasie, hatte er gelernt, und sie verändert sich durch Gedanken. Er stellte sich die Landebahn bei klarem Wetter im hellen Mondschein vor, nachdem der Nebel plötzlich verschwunden war.

Stormy warf einen Blick auf den Höhenmesser. Auf ihrem Instrumentenbrett flackerte ein weißes Licht, *dit-dit-dit-dit* – das Haupteinflugzeichen, ihre zulässige Mindestflughöhe 279 Pfotenlängen über der Erde. Wenn keine Landepiste in Sicht ist, so die Regeln, muss man durchstarten und den Anflug noch einmal versuchen oder auf einen anderen Flughafen ausweichen. Sie wandte den Blick einen Moment lang von den Instrumenten ab und schaute durch die Windschutzscheibe. Dichter Nebel. Keine Landepiste.

Gut, Stormy, dachte sie, geh's ruhig an, ganz ruhig …

Auf der Mittellinie, ein wenig höher auf der Gleitflugbahn … Sie zog die Gashebel leicht zurück und stellte sich vor, wie die Räder sanft herauskamen.

In diesem Augenblick flackerte in hundert Pfotenlängen Höhe plötzlich ein Licht im Nebel auf, grüne Lichter, schwarze Piste und riesige weiße Zahlen, 31, waren im Dunkel plötzlich sichtbar und sofort wieder verschwunden, der Schein ihrer Landelichter im Nebel.

»Mondlicht, Mondlicht«, murmelte Baxter vor sich hin. »Kein Nebel. Helle, klare Luft …« Nichts geschah.

Das Frettchen zog die drei Gashebel sacht zurück; es saß hoch aufgerichtet auf seinem Pilotensitz und schaute aus dem Fenster in der Hoffnung auf einen einzigen Landebahnstreifen, der ihm aus dem Nebel entgegenleuchtete, während sich die Nase des Transportflugzeugs anhob und die Räder, wie sie hoffte, nur noch wenige Pfotenlängen über der Rollbahn waren.

Bin ich froh, dass ich keinen Notruf durchgegeben habe, dachte sie, dann hätte ich womöglich im Nebel ein Feuerwehrauto gerammt. Das Fensterglas war weiß wie Schnee, und ihr Blick glitt rasch wieder zurück auf die Instrumente.

»Steuerkurs-Steuerkurs-Steuerkurs!«, schimpfte sie. »Halt den Kompass gerade, Captain, auf Teufel komm raus, egal, was passiert! Steuerkurs, Steuerkurs!«

Quietschen von Gummi auf dem Asphalt, der Lufttransporter in Nebel eingehüllt, Landebahn unsichtbar. In dem Moment, als ihr Bugrad auftraf, zog die Pilotin den Umkehrhebel für die Propeller zwei und drei, wich kein Grad links oder rechts vom Steuerkurs ab und trat fest auf die Bremspedale des Luftfrachters.

Stormy war so angespannt, dass es wehtat; sie wartete auf das Rumpeln und den Stoß, wenn ihr Flugzeug in voller

Fahrt von der Landebahn abkäme und auf etwas prallte, das da im Dunkeln auf sie wartete.

Doch der Aufprall kam nicht. Es dauerte lange, bis die Transportmaschine auf der Landepiste von Salinas anhielt; sie hatte keine Ahnung, wo. Aus ihrem Cockpit konnte sie bei leicht geöffnetem Fenster und Motoren im Leerlauf den Boden unter sich nicht sehen.

Baxter, der mit seinem Hubschrauber nur wenige Pfotenlängen von Stormys Fenster entfernt war, kniff die Augen zusammen und konzentrierte sich. »Klarer Himmel, klarer Lufttunnel, der sich vor uns auftut …«

Da geschah es. Vom Boden bis in eine Höhe von hundert Pfotenlängen verschwand der Nebel. Stormy sah unter den Positionslichtern ihrer Maschine die nasse Landepiste schimmern und keine hundert Pfotenlängen entfernt ein Rollfeld. Sie schob den Gashebel ihrer Innenbordmotoren nach vorn, und der Luftfrachter setzte sich in Bewegung.

»Frett drei-fünf hat die Landebahn verlassen«, rief sie über Funk, »und rollt jetzt auf das Terminal der Luftfrett-AG zu.«

Der Fluglotse hatte sie bei dem Nebel nicht landen sehen können. Wenn niemand etwas über die Ankunft unterhalb der vorgeschriebenen Mindestwerte verlauten lässt, dann ist alles rechtmäßig und vergessen.

»Frett drei-fünf, bleiben Sie auf dieser Frequenz, rollen Sie zum Terminal. Haben Sie die Hauptwolkenuntergrenze gesehen, als Sie sie durchbrochen haben?«

»Hier drei-fünf, tut mir Leid, hab ich nicht«, sagte sie. »Wie geht's Ihnen heute Morgen?«

»Bis vor einem Augenblick steckten wir in dichtem Nebel. Eine dicke Suppe. Auf der Landepiste muss es besser sein.«

Triumphierend schwebte Baxter über der Transportmaschine. Er hatte den Nebel beseitigt!

Im nächsten Moment jedoch fiel die Wolke herunter, als wären ihre Fäden, an denen sie hing, durchtrennt worden. Im flaumigen Dunkel bemühte sich die Pilotin, das heimliche blaue Licht des Sichtzeichens auf dem nächsten Rollfeld anzusteuern.

Als Stormy ihre Maschine sicher auf dem Boden wusste, ließen ihre Kräfte vor Erschöpfung nach, doch sie fing sich rasch wieder.

»Halt durch, Stormy«, sagte sie sich laut. »Dieser Flug ist erst vorbei, wenn du im Terminal geparkt hast. Nur noch ein kleines Stück, kein Problem ...«

Durch die Nacht zu rollen von einem einsamen blauen Licht zum nächsten und der Erfahrung zu vertrauen, auf einem unsichtbaren Rollfeld zu bleiben, ist nicht so einfach, wie ihre zuversichtlichen Worte es vermuten ließen, doch ihre Fracht und ihr Leben hingen nicht mehr an einem seidenen Faden.

Langsam tastete sie sich durch die Dunkelheit, bis sich schließlich der Nebel lichtete, und sie einen schemenhaften Umriss erkannte: das Terminal der Luftfrett-AG.

Das Bodenfrettchen sah sie, winkte mit zwei erleuchteten Stäben und lotste den Luftfrachter, der aus der Wolke aufragte, an seinen Platz an der Ladestelle.

Hi, Travis, dachte sie. Das ernste, schwer arbeitende

35

Jungtier hatte ihr über seine Flugstunden erzählt und versprochen, dass auch er eines Tages Frachtpilot werden würde.

Er kreuzte die Stäbe über dem Kopf: ein X für *Stop*. Dann begrüßte er Stormy freundlich, froh über ihre Ankunft.

Die Pilotin lächelte, sicherte die Bremsen und erwiderte den Gruß, indem sie den Mützenschirm kurz mit der Pfote berührte.

Sie fertigte ihre Checkliste nach der Landung aus, stellte die Gemischregler der drei intakten Motoren auf Leerlauf-Brennstopp, dankte ihnen für die Kraft, die sie zur Verfügung gestellt hatten, lauschte, wie ihr leises Brummen plötzlich verstummte und der Stille eines Flughafens vor dem Morgengrauen wich. Kühle Luft wehte aus dem Seitenfenster ins Cockpit.

»Rechtzeitig!«, rief Travis zu ihr hoch.

»Fast«, erwiderte sie. In der Stille klang das Wort ernst und fremd.

Als sie Funkgerät und Hauptschalter abstellte, hörte sie, wie das Bodenpersonal eine klappernde Gangway an die Transportmaschine schob und der Haupteingang unter Quietschen nach oben schwang.

»Dank an all meine Schutzengel«, sagte sie laut. »Heute Abend hab ich euch gebraucht.«

Baxter, der über dem kaputten Motor schwebte, bekam ihre Worte nicht mit.

Jetzt steckte Stormy ihre Karten und die Anflugtafeln wieder in ihre Flugtasche und langte nach dem Wartungsbuch des Flugzeugs.

Autopilot zieht nach dem Betätigen nach rechts, dann versagt der Ausschalter, schrieb sie in sauberer, lesbarer Schrift nieder. *Der Vereisungsschutz war nach häufigem Gebrauch überlastet, dann versagte der Ausschalter den Dienst. Zahlreiche Blitzeinschläge. Viele Instrumentenbeleuchtungen durch Turbulenzen zerstört. Motor Nummer vier ernsthaftes Vibrieren, Flammen aus der Motorhaube. Feuerlöschsystem aktiviert, Motor während des Fluges abgeschaltet. Fahrgestell durch Notsystem ausgefahren.*

Das alles schrieb sie ohne Bedenken. Die Luftfrachter der Luftfrett-AG waren in den meisten Fällen problemlos. Natürlich hatte jeder Pilot hin und wieder seine Prüfungen zu bestehen.

Lademeister Max Frett kam als Erster durch die Eingangstür. Er ging sofort nach hinten, öffnete die seitlichen Ladeluken für die Entlademannschaft, kam dann nach vorn und stellte sich in den Raum hinter das zentrale Kontrollpult im Cockpit. Er schaute die Pilotin lange an.

»Hatten wir ein Problem mit unserem Motor Nummer vier?«

Stormy nickte. »Hallo, Max. Aber nur ein kleines.« Draußen heulte ein Gabelstapler auf, der den ersten Container mit Frettchenfutter aus dem Laderaum hob. »Vielleicht brauchen wir da draußen einen neuen Zylinder.«

»Kann sein«, sagte Max. »Möglich, dass wir ein paar brauchen. Du musstest für das Fahrgestell die Pumpe einsetzen, vermute ich mal?«

Erneut nickte sie.

»Die Wolken hängen ein bisschen tief«, sagte er. »Wir waren überrascht, dass du's geschafft hast.«

Sie nickte ein drittes Mal. »Das war das Sahnehäubchen«, sagte sie und musste dann lächeln. »Obwohl ja zu viel Süßes nicht gut für Frettchen ist.«

Sie beendete ihren Eintrag ins Bordbuch und schaute zu ihm auf. »Drei Container haben sich aus der Verankerung gerissen, Max. Ich habe sie so gut wie möglich wieder befestigt. Ist die Fracht sicher angekommen?«

Er berührte ihre Schulter und meinte scherzhaft: »Die Frettchen in Salinas, Stormy, werden alle in dieser Woche ihr richtiges Futter haben.«

»Nicht Toast mit Gewürzgurken?«, fragte sie und brachte ein müdes Lächeln für ihren Freund zustande.

Er schaute auf den Motor Nummer vier, der schwarz angekohlt war und Öl verlor. »Gute Arbeit, Captain. Gut geflogen.«

Sie zuckte mit den Schultern. »Fracht für Seattle?«

»Portland – Seattle – Coeur d'Alene. Morgen um Mitternacht.«

»Flugroute Victor zwei-drei«, sagte sie. »Ich fliege.«

Sie streifte sich die Gurte von den Schultern, erhob sich von ihrem Sitz, reckte sich ausgiebig, nahm ihre Flugtasche an sich und trat an die Gangway. Morgennebel wehte in das Flugzeug.

Am Fuße der Gangway stand ein vornehm wirkendes Frettchen mit einer schäbigen Cordmütze auf dem Kopf und wartete geduldig. In der Pfote hielt es eine scharlachrote Schachtel, die mit Bändern zugebunden war.

»Hallo, Stormy.«

»Strobe!«

»Hattest du einen guten Flug?«

Sie eilte die Stufen zu ihm hinunter. Ihre Müdigkeit war wie weggeblasen. »Strobe! Wie hast du …?«

Er sagte nichts.

Sie schaute sich um, sah den Frettjet im Nebel neben dem Terminal der Luftfrett-AG.

»Oh. Du warst vor mir da. Wie war dein Anflug?«

»Leicht«, sagte er. »Als ich landete, lag die Wolkenuntergrenze bei fünfhundert Pfotenlängen.«

»Gut.«

Strobe betrachtete sie eingehend. »Bei dir war sie niedriger.«

»Ein bisschen.« Sie schaute zu ihm auf. Ihr schneeweißes Fell und die dunklen Augen legten Zeugnis ab von bereits bestandenen und noch zu bestehenden Abenteuern.

»Das musst du mir erzählen«, bat er und hielt ihr die rote Schachtel hin.

Sie schnüffelte an der Verpackung. »Könnte das eine feste, süße, saftige Wolke sein?«

»Komm, wir schaun nach.«

Gemeinsam gingen sie zum Terminal.

»Hast du gesagt, du nimmst Jungtiere in deinem Wasserflugzeug mit?«, fragte er. »All die kleinen Pfoten, die die Instrumente berühren? Warum machst du das?«

Die beiden verschwanden in Richtung Terminal, vollkommen ineinander vertieft, und ließen Baxter im Morgengrauen schwebend zurück.

Helm und Schutzbrille hatte Stormy ihm gesagt. Er konnte Willow nur geistige Geschenke schicken, doch es musste einen Weg geben, sich bei ihr bemerkbar zu machen …

Baxter neigte seinen Hubschrauber nach vorn, beschleunigte und stieg wie ein heimwehkranker Frettchenengel hoch hinauf in den Himmel.

SIEBEN

Die Wolke war eine riesige, von innen beleuchtete Höhle in der Luft, eine Wartungsbucht für Hubschrauber, die in Reihen auf ihren nummerierten Plätzen standen.

Baxter landete auf der 35, stieg aus und hörte die Geräusche der Luftdruckbohrer, Handnietmaschinen und Steckschlüssel der Mechaniker.

Die alten Hasen hier wussten, dass das alles nicht notwendig war, dass man die Hubschrauber allein durch die Kraft der Gedanken warten konnte, dass Frettchenengel ohne Maschinen fliegen konnten, wenn sie wollten. Doch Piloten und Mechaniker machten sich, genauso wie zu Lebzeiten, gern an Flugzeugen zu schaffen, so dass niemand die Gewohnheiten in Frage stellte.

»Willkommen zu Hause«, sagte Geoffrey, der Mechaniker für Hubschrauber, dessen Nase mit Maschinenöl verschmiert war. »Du bist ein bisschen überfällig.«

»Tut mir Leid.«

»Macht nichts. Wir haben uns so lange Sorgen gemacht, dass ich fürchte, wir haben vergessen, wie's geht.« Er betrachtete den Piloten eingehend. »Müde?«

Baxter lächelte über den Scherz. »Ich kann erschöpft sein, wenn ich es will, Geoff. So lange ist es für mich noch nicht her.« Der Nostalgie zuliebe gähnte er, aber auch, um seine Worte zu unterstreichen.

Der Mechaniker kletterte auf die Rotornabe, froh, die Inspektion nach einem Flug durchführen zu können. »Hier hast du einen Sicherheitsdraht verloren«, sagte er. »Du hast doch nicht etwa deinen Rotor mit überhöhter Drehzahl laufen lassen?«

»Keine Ahnung. Es war ein turbulenter Flug. Da ist viel passiert.«

»Du hast ihn also überdreht.«

Geoffrey sagte es derart gelassen, dass Baxter fragte: »Was für ein Schaden ist denn entstanden?«

»Keiner. Die Flugzeuge hier können ebenso wenig Schaden nehmen wie wir auch. Aber ich werde den Rotor ersetzen.«

»Wenn nichts kaputt ist ...«

Der Mechaniker unterbrach seine Inspektion, die Barthaare schräg aufgestellt, und schaute den Frettchenengel an. »Fliegst du gern?«

»Klar, und wie; ich liebe das Fliegen.«

»Wenn wir von der Erde hierher kommen, verlieren wir unsere Vorlieben nicht«, sagte Geoffrey. Er stieg vom Hubschrauber herunter und holte eine Kneifzange, einen Steckschlüssel und einen Schraubenschlüssel aus seiner Werkzeugkiste. »Ihr fliegt gern mit dem Hubschrauber und wir arbeiten gern daran.«

Sie unterhielten sich eine Weile, währenddessen Geoffrey die goldenen Rotorblätter sorgfältig auf Rotorböcke setzte, Sicherungsdraht von den Verbindungen schnitt, Bolzen entfernte und sie sorgsam auf einen Ständer legte. »Die Maschine hat eine große Übertragung«, sagte er und fügte verwundert hinzu, »die Kupplung innen, ihr flüssiges Frettchenmetall …«

Kurz darauf verließ Baxter den Hangar und machte sich auf den Weg zum Warenhaus der Frettchenengel-Luftbasis. Er dachte an Willow und Daphne.

Der Tod hatte Baxters Beziehung zu seiner Gefährtin nicht beendet. Mit der Zeit hatten die beiden, wie viele Frettchenpaare, gelernt, dass der Tod eine Türschwelle ist, keine Wand. Sie erhoben sich aus ihrer äußeren Hülle, ob sterblich oder bereits verschieden, und hielten die Vorstellungskraft offen für Botschaften vom anderen, wobei sie darauf vertrauten, dass das, was sie sich vorstellten, der Wahrheit entsprach.

Zunächst hatte Daphne das Gefühl gehabt, als würde sie Baxters Stimme erfinden und sich seine Botschaften nur einbilden. Mit etwas Übung und angesichts von Informationen, die sie sich nicht hatte ausdenken können, schwanden ihre Zweifel.

Daphne hörte auf zu trauern und war beinahe so aufgeregt wie Baxter, als er sich entschied, ein Frettchenengel zu werden. Sie wusste bereits von seiner Aufgabe, die er hoch oben in der Luft für Stormy und Strobe übernommen hatte; jetzt war sie gespannt, was dabei herausgekommen war.

Wenn sie sich entspannt hinsetzte, die Augen geschlossen, das Fell glatt, hatte sie festgestellt, dass sie ihr Herz mit

Baxter verbinden konnte. Mit der Zeit fiel es ihr immer leichter.

Sie hatte ihm erzählt, dass ihr ältestes Enkeltier, Budgeron, das inzwischen erfolgreich als Kellner in Manhattan arbeitete, begonnen hatte, Geschichten zu schreiben. Sie wiederum wunderte sich über Baxters Neuigkeiten, dass Willow, ihre Jüngste, eines Tages Lehrerin werden würde.

Die kleine Willow aber war nicht so gefeit wie Daphne gegen die Trauer über den Tod ihres Großvaters.

Die beiden waren unzertrennlich gewesen; seine Enkelin hatte auf Baxters Schoß gesessen, wenn er an jedem sonnigen Tag vom Feld hinter dem Haus mit seinem Drehflügler gestartet war.

Tod ist keine Mauer, hatte Baxter gelernt, aber Trauer. Es war ihm nicht gelungen, auch nur eine Botschaft ins das gebrochene Herz des kleinen Frettchens zu schicken, außer

hin und wieder in Träumen. Doch Träume vergisst man. Wie sehr er doch den Kontakt mit ihrem wachen Geist vermisste!

Er ging durch die Gänge des Warenhauses und suchte nach Spielsachen, die Willow gefallen könnten. Vor einer kleinen Schachtel mit geistigem Verständnis schwankte er, entschied aber, dass sie für dieses Geschenk im Moment vielleicht etwas zu jung war.

Sein Blick fiel auf einen Verkaufsstand mit kleinen Flaschen: erhöhte übersinnliche Kräfte. Sie hat bereits die übersinnliche Kraft, die sie braucht, dachte er. Zu viele Flaschen übersinnlicher Kraft ohne die Schachtel des Verständnisses sind ein Fluch, kein Segen.

Als er schon gehen wollte, sah er auf einem Ladentisch direkt vor sich ein Glas mit einfacher Creme, klar wie die Luft: Die Fähigkeit zu sehen, was bereits existiert.

Ein Schauer durchlief ihn. Das ist es! Er kaufte sie sofort, eilte in sein Quartier zurück, das er mit einem Gedanken errichtet hatte, ein kleines, strohgedecktes Haus auf einem Hügel über dem Fluss.

Baxter liebte den Himmel, aber sein kleines Haus gefiel ihm auch. Die Aussicht über den mit hohem Gras bewachsenen Abhang auf die Weiden unterhalb und den Fluss – es war, als ob man flöge.

Er warf sich in die Hängematte, schloss die Augen und stellte sich Daphne vor. Köstlich! Um ihn herum nur der Himmel, und doch war er bei seiner Gefährtin!

»Ich wusste, dass du es warst«, sagte sie in ihrer Vorstellung. »Gerade wollte ich dich auch rufen.«

Eine Zeit lang redeten sie über die Dinge ihrer jeweiligen

Welten. Er berichtete in allen Einzelheiten über sein Abenteuer in den Stürmen, darüber, was er von Geoffrey gelernt hatte: dass wir nämlich unsere Vorlieben von einem Leben mit ins nächste nehmen. Sie wiederum erzählte von ihren Kindern und Enkeln, dass sie Willow besondere Aufmerksamkeit schenkte, die noch immer um ihren Großvater trauerte.

»Ich hab ein Geschenk für sie gefunden«, sagte Baxter und berichtete Daphne über das Glas mit der Creme und wie es möglich wäre, dass Willow damit sehen könnte, was schon da war, was sie vielleicht wieder aufmuntern würde.

Sie kamen gemeinsam zu dem Schluss, dass es nicht schwer sein dürfte, das geistige Geschenk, in Liebe verpackt, an Daphne zu übermitteln. »Aber wie kriegen wir es von dir zu Willow?«, fragte er.

Die beiden, die, leicht wie Wolken, die Herzen miteinander verbunden hatten, schwiegen.

»Ist es eine Creme?«

»So eine Art. Wie weiche, glatte Luft.«

Nach kurzem Nachdenken sagte sie: »Ach, Bax, das ist doch nicht schwer! Ich verteile es auf etwas, das dir gehört, reibe es hinein und gebe es ihr einfach zum Spielen!«

»Etwas von mir?«

»Ein alter Schal von dir, das würde ihr gefallen, oder eine Mütze, davon gibt es viele ...«

Blitzartig fiel ihm etwas ein. »Keine Mütze, Daph. Mein Helm und meine Schutzbrille! Die hängen am Nagel neben der Tür in der Garage. Gib ihr meinen leichten alten Fliegerhelm und die Schutzbrille!«

»Die sind ölverschmiert. Erinnerst du dich an den Tag, an dem du das Öl im Drehflügler gewechselt hast und Willow gefragt hat: ›Opa, warum trägst du beim Ölwechseln Helm und Schutzbrille?‹«

Er lachte. »Umso besser! Wenn sie sich an diesen Tag erinnert, wird es ihr leichter fallen, sich zu lösen. Durch die Schutzbrille wird sie sehen, was wirklich ist. Glück statt Sorgen, Freude statt Kummer. Vielleicht sogar ihren Großvater in seinem Hubschrauber, direkt vor ihr. Ich bin es leid, Daph, dass sie durch mich hindurchschaut, wenn ich bei ihr bin, praktisch auf ihrer Nase lande!«

So wurde das mystische Glas über die Grenze zwischen zwei Lebensformen von Baxter an seine Gefährtin weitergereicht. Sie hatten den Plan geschmiedet, dass Daphne die Creme mit der Pfote in den alten Helm und die Schutzbrille des Fliegers einreiben und beides seiner jüngsten Enkelin schenken sollte.

Die Fähigkeit zu sehen, was bereits existiert.

ACHT

Der Himmel glitt unter ihr hinweg. Stormy saß auf dem Vordersitz der offenen Agrar-Kiste und drehte sich zu Strobe um, der sie beobachtete.

Sie trugen leichte Helme und Schutzbrillen, sowie Seidenschals, die im Wind flatterten. Als sie den Doppeldecker wieder kopfüber rollte, lachte sie, ließ den Steuerknüppel los und drückte auf den Knopf der Gegensprechanlage.

»Es ist deine, Strobe!«

Ein Scherz, den sie sich mit ihm erlaubte, und ein Test. Würde der Besitzer sein Flugzeug wieder in den Geradeausflug bringen oder den Steuerknüppel ziehen und einen Looping aus dem Rückenflug drehen? Im ersten Fall würden sie nicht an Flughöhe verlieren, beim zweiten viel.

»Oh, danke, Stormy!« Nur für den Bruchteil einer Sekunde war er verblüfft, dass sie ihm die Steuerung überließ, während die Maschine sich im Rückenflug befand. Dann hielt er den Druck so, wie sie ihn übergeben hatte, fügte das gegenüberliegende Seitenruder hinzu, während die Maschine sich drehte, und brachte sie sicher wieder in den waagerechten Flug.

Dann zog Strobe die Flugzeugnase in die Mittagssonne hoch. Als die Fluggeschwindigkeit fast auf null gefallen war, ließ er den Steuerknüppel los, und Stormy hatte den schwarzen Peter zurück. »Sie gehört dir, meine Schöne!«

»So ein gemeines Frettchen!« Sie lachte, nahm den Steuerknüppel in die Pfoten, schob ihn sanft nach vorn und gab vollen Druck auf das Seitenruder. Das Flugzeug drehte sich schwerelos, blieb in der Luft stehen, die Nase drehte von senkrecht oben auf senkrecht unten.

Stormy zog den Gashebel zurück, hob die Nase erneut an, sobald die Maschine Geschwindigkeit aufgenommen hatte, und drehte sie wieder. »Ich liebe deinen Doppeldecker, Captain!«

So wie sie einen Nachmittag gemeinsam ihr Wasserflugzeug vom blauen See in der Nähe ihres Hauses gestartet hatten, verbrachten sie gleichfalls einen Nachmittag gemeinsam hier in seinem Doppeldecker am Himmel.

»Ich muss gehen, Stormy«, sagte er, nachdem sie gelandet waren. Der Motor der Agrar-Kiste tuckerte leise beim Abkühlen.

»Wohin geht's?«, fragte sie und behielt ihre Gefühle für sich.

»Nach Florida. Ich muss die F-drei-sieben dorthin bringen, Stilton von Orlando nach Melbourne, dann nach St. Petersburg fliegen.«

»Braucht er die große Maschine, um von Orlando über Melbourne nach St. Pete zu fliegen? Strobe, das kann man doch in einem Hubschrauber. Er könnte sogar mit seiner Limousine fahren!«

Der Pilot schmunzelte. »Verzeihung«, sagte er. »Stilton fliegt von Orlando nach Melbourne, Australien, dann nach St. Petersburg, Russland. Dafür wäre die Limousine ungeeignet.«

Stormy duckte sich lachend. »Dann muss ich mich wohl entschuldigen!«

Stormy und Strobe waren inzwischen gute Freunde. Wenn sie getrennt waren, hatten sie Sehnsucht.

NEUN

Seit dem Tode ihres Großvaters hatte Willow ihren Wolfshut getragen, als könnte dieses Ding sie vor der lieblosen Welt beschützen. Es war ein grimmiger, grau melierter Wolfskopf, schwarze Knöpfe für die Augen, das Maul weit aufgerissen. Darin steckte die kleine Willow und schaute traurig hinter den hölzernen Reißzähnen in die Welt hinaus.

Als Daphne an jenem Samstag zu Besuch kam, strahlte Willow, und in ihren Augen blitzte es, wic sonst eher selten.

»Oma!«, rief sie, als ihr Vater die Tür öffnete. Sie streckte die Pfoten aus, um auf den Arm genommen zu werden.

Daphne begrüßte ihren Sohn Raja und strich ihm sanft über den Hals. Sie überreichte ihm eine Schachtel, die mit einer Wolke aus Hubschraubern verpackt war, und lief an ihm vorbei ins Zimmer.

»Da ist ja meine kleine Willow!«

Sie hob ihre Enkelin vom Teppich hoch, drehte sich mit ihr im Kreis, wobei sich ihre Nasen und Schnurrhaare fast berührten. So hatte Baxter sie bei jedem Besuch herumgewirbelt, und die Kleine hatte dann immer vor Vergnügen gequietscht.

Als die Umdrehungen beendet waren, kuschelte sich Willow an die Schulter der Großmutter.

»Wo ist Opa?«

»Der ist bei dir.«

»Opa?« Das Jungtier hielt nach ihm Ausschau, und der Wolfshut drehte sich nach rechts und links. Da sie ihn nicht fand, erlosch das Blitzen in ihren Augen.

Was für ein Band zwischen den beiden, dachte Daphne. Sie spürte die Gegenwart ihres Gefährten, fühlte seine Aufregung vor dem, was bevorstand.

»Willow«, sagte sie. »Opa hat dir ein Geschenk geschickt.«

Willow drehte sich mit einem Ruck zu Daphne um, ebenso wie Raja, und aus der Küche kam seine Gefährtin Skye.

»Raj …«, sagte Daphne.

Willows Vater holte das mit bunten Bändern verschnürte Päckchen und stellte es vor sein Jungtier auf den Teppich. Willows Blick wanderte erst zwischen den beiden hin und her, dann zu ihrer Mutter. Sie drehte sich um und schaute hinter sich. Vielleicht hatte der Großvater sich versteckt.

Einen Moment lang hielt sie inne, beinahe, als spürte sie das schwarzweiße Gesicht ihres Großvaters, als sähe sie sein Zwinkern: Los, Willow, mach's auf! Sie wandte sich wieder dem Geschenk zu.

Die Schachtel in den Pfoten haltend, löste sie die Knoten, faltete sorgsam das Papier auseinander und hob den Deckel. Als sie das Papier innen zur Seite zog, erstarrte sie und sah Daphne an. Dann griff Willow vorsichtig hinein und holte Baxters alten Flughelm hervor; die ölverschmierte Schutzbrille baumelte an ihrem Riemen.

»Opa …« Sie flüsterte so leise, dass niemand sie hörte.

Sie riss sich den Wolfshut vom Kopf und ließ ihn zu Boden fallen.

Willow lehnte jede Hilfe ab, zog sich den Helm über Kopf und Ohren und schob die Schutzbrille genauso keck auf die Stirn, wie Baxter es einst getan hatte, wenn er mit seinem Drehflügler auf der Weide gelandet war.

»Danke, Oma!«

Dann zog sich Willow die Schutzbrille vor die Augen.

»Oh …«, staunte sie, und der Mund blieb ihr offen stehen.

Sogleich verzog sich ihr Gesicht zu einem Lächeln. »*Duk-duk*!«, sagte sie. »Opa! *Duk-duk-duk*!«

Sie sprang auf, breitete die Pfoten aus wie Flügel und schoss durch den Raum wie ein Kätzchen, das hinter einem Wollknäuel her jagt. Hierhin und dorthin flitzte sie und ahmte laut das Geräusch der Rotorblätter nach, als hätte sie sich aus einem jungen Frettchen in einen kleinen Hubschrauber verwandelt.

Skye stellte sich neben Raja und seine Mutter und staunte über das, was sie da sah. So lange schon hatte Willow ihre Zeit vertan und sich immer mehr zurückgezogen. Und plötzlich, dies.

Für Willow war es kein Wunder. Großvater konnte sie nicht verlassen; er liebte sie zu sehr, um sie zu verlassen, das wusste sie. Wenn sie in ihrem Innern nur laut genug nach ihm rief, würde er zurückkommen.

Sobald sie die Schutzbrille aufsetzte, war er da. Sein liebes, lustiges Gesicht, die fröhlichen Augen und die Schnurrhaare, alles unverändert, saß Großvater in einem glänzenden goldenen Hubschrauber, dessen Rotoren sich drehten. *Duk-duk.*

»Willow!«, rief er und klopfte auf den Sitz neben sich. »Komm, Willow, flieg!«

Sie lief los, sprang durch die Tür, legte ihm die Arme um den Hals. »Opa! Du bist wieder da!«

»Dummchen«, sagte er. »Ich war doch nie weg! Ich war bei dir, so wie jetzt auch!«

»Ich habe dich nicht gesehn ...«

Schelmisch runzelte er die Stirn. »So, so, du hast nichts gesehn. Aber was hat dein Herz gesagt?«

»Opa hat mich lieb! Er würde nie weggehn!«

»Dein Herz weiß es, Willow, dein Herz weiß es!«

Dann hoben sie vom Boden ab, strahlende Rotoren neigten sich nach vorn, *duk-duk-duk*, schwirrten über die Couch, vorbei an den Bücherregalen, am Familienbild, auf dem alle Frettchen versammelt waren, Willow auf Großvaters Schoß.

Baxter ließ die Maschine senkrecht in die Höhe steigen, schwenkte zurück, flog zur Seite, hielt mitten in der Luft an, um Mutter und Vater und Großmutter zu betrachten, die ohne Grund Tränen in den Augen hatten.

»Du musst noch so viel lernen, Willow!«

»Klar, Opa. Ich bin geboren, um zu unterrichten.«

Baxter drehte sich um und sah sie fassungslos an, wobei der Hubschrauber beinahe mit einer Stehlampe zusammengestoßen wäre.

»Du weißt es?«

Skye nahm Daphne in den Arm und drückte sie so fest, als wollte sie sie nie wieder loslassen.

Raja war sprachlos. »Mama, wie hast du …?«

»Dein Vater dachte, es sei einen Versuch wert. Er hat es im Warenhaus der Engel gefunden.«

Keiner hatte etwas dagegen, jetzt, da Willow zum Leben erwacht war.

Das Jungtier verlangsamte die wilden Flüge, verharrte auf einer Stelle und schaute durch die Schutzbrille in leere Luft. Dann drehte sie sich langsam um, bis ihr Blick an den Erwachsenen hängen blieb, die sie beobachteten. Willow sah gleichsam silberne und goldene Lichter um ihre Eltern und die Großmutter, es war, als würde sie verstehen, als wäre das Unmögliche leicht geworden.

Sie hob die Brille mit einer einfachen Drehung der Pfote, wie sie es von ihrem Großvater kannte. »Danke«, sagte sie. »Danke, Papa und Mama, danke, Oma. Danke, Opa.«

Gern geschehen, formten sie lautlos mit den Lippen.

Willow nickte. »Ich bin eine Lehrerin«, sagte sie mit kleiner Stimme. »Kann ich Lehrerin werden, Mama?«

Schweigen herrschte im Raum.

»Selbstverständlich kannst du Lehrerin werden, meine Willow«, antwortete Skye. »Wenn du dich entschieden hast, wenn du genug liebst, und lernst …«

»Ich bin Lehrerin.«

Das Jungtier ging in sein Zimmer, die Schutzbrille auf die Stirn geschoben. Den Wolfshut ließ es auf dem Boden liegen und zog ihn nie wieder an.

ZEHN

In seinem Büro hoch über Manhattan, im Gebäude der MusTelCo, lehnte sich das wohlhabendste Frettchen der Welt in seinem Stuhl zurück, drehte sich mit ihm langsam zum Fenster, um über die Stadt schauen zu können.

»Du hast nie um etwas gebeten«, sagte Stilton und verbarg ein Lächeln. »Solange wir uns kennen, Strobe, hast du nie um etwas gebeten.«

Der Pilot saß ihm gegenüber und genoss dieselbe Aussicht. Über der Rückenlehne des Stuhls sah er Stiltons Ohrenspitzen. »Das stimmt nicht. Ich bitte die ganze Zeit. Ich bitte um die besten Flugzeuge, die besten Piloten, die besten Mechaniker ...«

»Das sind keine Bitten, das ist deine Arbeit. Dein Leben und das meine, das Leben aller Frettchen, die an Bord eines Flugzeugs der MusTelCo gehen, liegt in deinen Händen. Ich erwarte nur das Beste.«

Stilton drehte sich wieder um und sah den Piloten an.

Strobe wich seinem Blick nicht aus. »Dann bitte ich jetzt um etwas. Die Welt braucht Piloten, weil sie Flüge braucht. Jungtiere brauchen eine Perspektive, und die bekommen sie, wenn sie fliegen. Sie sollen lernen, sich selbst zu beherrschen! Die Doppeldecker sind eine langfristige Investition, Stilton.«

»Flügel zum Flüggewerden!« Der Vorsitzende des Aufsichtsrats und des Vorstands nahm einen Füllfederhalter und notierte den Slogan auf einem Notizblock mit Briefkopf. »Du schlägst im ganzen Land Zentren vor, in die Jungtiere kommen können, um alte Agrarflugzeuge zu reparieren und fliegen zu lernen. Du ermutigst andere Firmen, diese Zentren zu unterstützen. Und das Ganze soll sich für uns lohnen … wie denn?«

Strobe lächelte. Wie oft hatte er diese Frage schon gehört!

»Es wird sich erst in zweiter Linie für uns lohnen, Stilton. *Flügel zum Flüggewerden – ein MusTelCo Flugzentrum.* MusTelCo investiert in alle Jungtiere, die den Himmel lieben, investiert in unser aller Zukunft. MusTelCo bringt den Jungtieren die Romantik des Fliegens nahe, die sonst … MusTelCo ist gleichzusetzen mit Romantik, Stilton! MusTelCo ist gleichzusetzen mit Abenteuer!«

»Und das würde dich glücklich machen?«

»Nein. Das bin ich bereits.« Strobe berührte seinen mitternachtsblauen Schal mit den goldenen Streifen. »Ich bitte darum, weil es mein höchstes Ziel ist, und weil es phantastisch ist für die Firma – es reicht nicht, wenn wir sagen, wir haben Zukunftsgeist, wir müssen es auch zeigen!«

Stilton betrachtete seinen Freund, die dunklen Augen in dem Gesicht, das allen Frettchen der Welt vertraut ist. »Sag mir, was Stormy von deinem Plan hält.«

Der Chefpilot grinste seinen Boss an. »Es ist ihre Idee. Sie würde es nur nie zugeben. ›Es spielt keine Rolle, wer die Idee hatte, sondern wer sie ausführt!‹«

Der Vorsitzende steckte den Füller sanft in den Halter zurück. Sie waren schon so lange befreundet. Seit dem College, als Strobe die Schule verließ, um sein Leben in der Luft zu beginnen. Seither waren sie beide ohne Gefährtin gewesen: Strobe aufgrund seiner Flugpläne, die ihn mal hierhin, mal dorthin führten, Stilton, weil er oben in dem Glaspalast von MusTelCo isoliert war.

Jetzt hat Strobe eine Gefährtin gefunden, dachte Stilton. Endlich. Er schloss die Augen. Er freute sich für seinen Freund. Könnte ich das doch auch. Ich versuche sie vor mir zu sehen, sie mir vorzustellen, aber alles ist unklar.

»Dann sei's drum«, sagte der Vorstandsvorsitzende. »Lass uns mit den ersten hundert Agrar-Maschinen anfangen. Du zeigst mir, dass die Firma Abenteuer und Romantik geworden ist, und wir werden jede alte Kiste kaufen, die du da draußen auftreibst, sie wieder herrichten, um unsere Jungtiere auszubilden. Und vergiss den Schal nicht, Strobe, der gehört zum Programm!«

Strobe fuhr mit einer Pfote an seiner Nase entlang. »Wenn ich vorschlagen dürfte …«

»Einverstanden. Ohne MusTelCo drauf. Reine Seide. Ganz weiß. Für jedes Jungtier, das fliegen lernt. Sie werden ihn immer behalten, wir brauchen das Logo nicht.«

So fing es an: Stormy und Strobe wurden durch die aufmerksame Höflichkeit eines Unwetters auf den Flugrouten zusammengeführt; der clevere Stilton für Abenteuer und Romantik gewonnen.

Über kurz oder lang kehrte das Geräusch bunter Doppeldecker in die Luft zurück; Jungtiere flogen heim ins hohe, blaue Land des Himmels, Nasen und Schnurrhaare gefroren im Morgengrauen, Schals flatterten im Wind. Sie lernten Mut, Waghalsigkeit und Selbstvertrauen und dass man einen Flug in den Wolken ebenso gut meistert wie die Herausforderungen und Prüfungen des Lebens. Sie beendeten ihre

Ausbildung mit der Entschlossenheit, ihr höchstes Ziel zu finden, mit anderen zu teilen, was sie gefunden hatten, und anderen das weiterzugeben, was sie selbst erhalten hatten.

Durch die Liebe zweier Geschöpfe, die den Himmel liebten, veränderte sich die Welt. Durch die Liebe vieler, zählt man die Frettchenengel in einer Dimension mit, die unsichtbar ist. Seit Urzeiten sorgen sie schon für die Zufälle im Leben der Sterblichen.

Nachdem Stormy Strobe gefunden hatte, traf sie natürlich auch die junge Willow, eine Columbine wie sie selbst, und eine Lehrerin.

Wie sie sich kennen lernten und wie die Welt abermals verändert wurde, ist schon wieder eine andere Geschichte.

Frettstein